Los Secretos de Candela

Y Otros Cuentos de La Habana

Cuentos y Poemas

Betty Viamontes

Los Secretos de Candela
Y Otros Cuentos de La Habana

Publicado en los Estados Unidos de América por Zapote Street Books, LLC, Tampa, Florida
Este libro es una obra de ficción. Personajes, nombres, lugares, eventos, incidentes, y empresas son un producto de la imaginación del autor o usados de manera ficticia. Cualquier parecido con lugares o eventos reales, o cualquier persona, viva o muerta, es pura coincidencia.

Título Original: *Los Secretos de Candela y Otros Cuentos de La Habana*
Publicado en los Estados Unidos de América por Zapote Street Books, LLC, Tampa, Florida

Traducido por Betty Viamontes
Editado por Gabriel Cartaya

ISBN: 978-0986423758 (edición en español)
ISBN: 978-0986423741 (edición en inglés)

Zapote Street Books LLC, logotipo por Gloria Adriana Viamontes y pintura de la portada por el artista cubano Félix Acosta
Impreso en los Estados Unidos de América

Por la autora de la novela altamente calificada *Esperando en la Calle Zapote: Amor y Pérdida en la Cuba de Castro*

Prefacio

Por Margarita Polo Viamontes

Una promesa bien cumplida.

Hablar sobre la realidad actual cubana es algo bien difícil, porque tiene más colores que un arcoíris y el agridulce sabor de la melancolía, sobre todo para el ausente, quien tuvo que emigrar a rehacer su vida en tierras lejanas al hogar infantil. En esas arenas movedizas del entonces naciente, Período Especial en Cuba, y muchos años antes, transitan los personajes de estas historias.

El primer libro de la escritora cubano-americana, Betty Viamontes, **Esperando en la calle Zapote**, traza el rumbo de lo que leeremos después en su segunda obra: **Los secretos de Candela y otros cuentos de La Habana**. La autora es admirable en sus narraciones, no solo por la manera tan espontanea de contar, sino por hacernos partícipe de sentimientos comunes, a todos los inmigrantes del mundo que abandonan su país de origen, en busca de oportunidades y libertad.

La realidad supera con creces la ficción, en el anecdotario de Betty Viamontes. No es lo mismo que alguien cuente su experiencia de navegar sobre mar embravecido, que sobrevivir en un bote movido por las olas gigantescas, sintiendo el terror de no poder llegar a la otra orilla, como le ocurrió a la escritora y su familia, en abril de 1980, cuando más de cien mil hombres, mujeres y niños salieron de las costas del Mariel, Cuba, arriesgando sus vidas al cruzar el Estrecho de la Florida en barcos de todos los tamaños.

v

Betty Viamontes expone la realidad retratando el paisaje habanero, con mirada descriptiva del entorno: "Le echó un poquito de aceite y sal a su pan, se sirvió un vaso de agua, y se sentó en un sillón verde al lado de su balcón, en el segundo piso, deteriorado y sin pintura... La calle Zapote poblada de casas coloniales despintadas y en mal estado, estaba casi desierta, a excepción de algunos autos que pasaban con poca frecuencia y una anciana que caminaba junto a su perro desnutrido, por la acera rota."

Las narraciones de Betty Viamontes, son como el arca de Noé, recogen todos los «especímenes» para conservar a la posterioridad, el perfil de un pueblo lanzado a un destino incierto.

Para la autora, nada es obstáculo ante su voluntad de hacer algo tan valioso, como perpetuar la memoria de esos días y de la existencia de muchas personas, en estos años sin futuro. Escribe, diseña, traduce en dos idiomas tan diferentes como son el inglés y el español, incluso vende sus narraciones, sin dejar de trabajar de Administradora de Finanzas en un hospital de Tampa, además de atender las labores hogareñas, la salud de su esposo y las visitas a sus suegros quienes la apoyan de manera incondicional en su creación literaria.

Betty nunca olvida reconocer en cada paso de su obra literaria, a quien le dio la vida e inspiración, por eso desde su primera conversación me afirma: «Le debo todo lo que escribo a mi madre, mis libros llevan su enorme contribución, ella quería que todos supieran esta historia y le prometí que la escribiría». Una promesa bien cumplida.

* * *

*Margarita Polo Viamontes, periodista en el rotativo camagüeyano Adelante, licenciada en periodismo de la Universidad de La Habana. Radica en Miami, Estados Unidos, donde ha publicado varios libros, entre ellos, *Una Mujer llamada Mentira*, *Fui tu querer* y *Cómo se Vive sin Ti*. Recientemente reconocida por los premios latinos «International Book Awards», con su libro testimonio *Mi amigo Nicolás*.

Los secretos de Candela

Cuando Adela caminaba por la calle Zapote con sus faldas cortas, y el cabello negro ondulado rebotando sobre sus hombros, los hombres la miraban y las mujeres volteaban sus ojos hacia el cielo. Su impecable piel de marfil y reluciente sonrisa hacían que los almendros parecieran más verdes y despertaran las calles de La Habana.

Muchos vecinos la llamaban "Candela" como el fuego que se agitaba en las lámparas de querosén en noches de apagón. Y fiel a este nombre, ella sonreía, volvía su cabeza ligeramente hacia los hombres, mientras sus largas pestañas parpadeantes y seductoras, mostraban sus ojos negros y brillantes, definidos por una línea de ébano delgada que se extendía ligeramente más allá de sus bordes exteriores. El aroma floral de su perfume quedaba impregnando el lugar por donde ella pasaba. Incluso su caminar era provocativo, cuerpo recto, torso delgado, busto abundante y erguido, además de las generosas caderas moviéndose de lado a lado.

El esposo de Adela, Roel, quien era veintitrés años mayor que ella, había contraído tuberculosis unos años

1

antes, y las neumonías frecuentes habían debilitado su capacidad de luchar contra su enfermedad. Ya en sus sesenta, la cara surcada de Roel y su andar cansado lo hacían parecer mucho más viejo, también el retiro, no había sido particularmente amable con él, pues acentuaba más que nunca las diferencias entre él y su esposa.

Ella demostraba energía y optimismo en cada movimiento y le gustaba bailar; mientras que él tenía una disposición sombría, no le importaba el baile, y cualquier alegría que hubiese tenido en su juventud, se había convertido en amargura.

Roel trabajaba en su casa haciendo mermelada de guayaba con ingredientes que compraba en el mercado ilegal y la vendía por dos pesos el frasco, cualquier cosa hacía para mantenerse ocupado, mientras su esposa trabajaba como camarera.

Adela y su marido vivían en un apartamento de dos dormitorios, en el primer piso de un edificio de tres plantas ubicado entre dos casas de arquitectura colonial. Las mismas tenían dos altas columnas redondas a ambos lados de un portal de mosaicos, además de una larga y delgada ventana de persianas. Las islas de pinturas de diferentes colores en las paredes, más el moho incrustado en ellas eran evidencia, de que estas viviendas no habían sido pintadas en años.

Similar estado de deterioro afectaba las demás casas del barrio, al igual que el edificio donde vivían Roel y su esposa. Para llegar a su apartamento, la pareja debía transitar a través de un pasillo largo y oscuro que olía a cigarrillos, moho y tenía solo una luz que funcionaba.

Roel tomaba su tiempo al caminar, pues cada día le costaba más trabajo respirar, sobre todo en los días calurosos de verano, cuando la temperatura se acercaba a los 32 grados centígrados.

Roel mantuvo su enfermedad en secreto desde el principio, sobre todo de su esposa, ya que sospechaba que tal conocimiento crearía más distancia entre ellos. Sus hijas y mujer estaban inmunizadas, por lo cual él no creía que fuera necesario revelar su condición, pero el cambio de Adela durante los dos últimos años, especialmente en los pasados doce meses, hizo que se preguntara si su secreto había sido descubierto. Ella llegaba tarde a casa casi todas las noches, con la excusa de que estaba con sus amigas, incluso a menudo dormía en su sofá de tela desteñida estampada con flores, y no le demostraba afecto alguno.

El apartamento de la pareja se convirtió en un santuario de las conquistas de Candela: dos pares de pitusas azules de los Estados Unidos, un vestido de noche rojo de Italia, una docena de frascos de perfume de París, además del refrigerador lleno de comida, incluyendo dos botellas de leche —regalos— del lechero, carne y pollo del carnicero.

Todos estos alimentos eran ilegalmente adquiridos fuera de la ración asignada por el gobierno de Cuba. El cual restringía la cuota mensual de comida subsidiada, con un escaso número de libras de arroz, azúcar, unas onzas de carne, y pequeñas cantidades de otros productos alimenticios que apenas duraban el mes. Prácticamente nada se podía comprar legalmente aparte de la cuota.

A veces, la carne de res desaparecía de las carnicerías por completo, y la gente necesitaba comprarla en el mercado ilegal a precios muy elevados, o algunos, como Candela, la cambiaban por ciertos favores sexuales a los turistas. Los cubanos solamente podían comprar en bodegas prácticamente vacías utilizando la tarjeta de racionamiento, mientras que los turistas tenían acceso a las diplotiendas, establecimientos, solo para extranjeros, donde se vendían carnes enlatadas, quesos, y otros productos, que la mayor parte de los cubanos no veían tras el triunfo de la revolución en el 1959.

Candela le decía a su familia que estos eran —regalos de sus amigas y clientes—, pero los vecinos sabían que ella hacía cualquier cosa, para saborear la buena vida que disfrutaban los extranjeros que visitaban su tierra. Todo, sin importarle su madre ciega, de setenta años; sus dos hijas jóvenes, una de casi veinte años y la otra de dieciséis; ni su marido, un policía retirado quien a veces parecía tan ignorante de sus secretos como su suegra.

Cada vez que Candela pasaba por los hoteles de La Habana, reservados sólo para turistas, en la década del 1980, ella soñaba con el día en que un extranjero, encantado por su cuerpo de sirena, de pelo largo y negro, y ojos negros intrigantes, decidiera casarse con ella, y se la llevara a través del océano al paraíso prohibido de los Estados Unidos, o "United States", como lo llamaban los extranjeros y, ¡Al diablo con su marido!

La gente le contaba a Candela que el sol era más brillante al atravesar el océano, y que, si tenía el dinero, ella podría entrar a cualquier hotel, a pasar la noche sin

que un empleado le preguntara: —¿Es usted turista?—
También le decían, que allá no existían tarjetas de
racionamiento las cuales limitaran la comida que podía
comprar en las bodegas, las carnicerías, o las lecherías.

Candela quería probar la alegría de vivir al otro
lado del mar. Pero esto parecía ser lo único que no podía
obtener de sus muchos amantes: un boleto para salir de
la —isla de escombros— donde vivía.

La revolución que su esposo pensaba, ayudaría al
país mediante la eliminación de la industria privada,
pasando los medios de producción al gobierno; en menos
de veinte y cinco años, desde su triunfo en 1959, había
logrado devastar el país. Huyendo de tal situación,
muchos de los amigos de Adela, se habían ido de Cuba
en el 1980, durante el éxodo del Mariel, cuando más de
125 mil personas abandonaron la isla, entre ellos, muchos
de sus amantes.

Ahora, en el 1983, la situación se estaba
empeorando. A menudo, las raciones de comida que ella
y su familia tenían derecho a comprar, con las pocas
onzas de carne de res o pollo, no llegaban a las tiendas de
víveres. Adela quería más que comidas básicas, como el
poco de arroz con lo que pudiera encontrar, o pan
rociado con aceite y sal.

Ella quería lavarse el pelo con champú, pintarse
los labios y usar delineador de ojos, vestirse con vestidos
lindos, darse una vida a la que sólo podían tener acceso
los turistas. Su marido, por el contrario, solo quería la
paz, tranquilidad, el amor de su familia, y buena salud.

Cuando Roel se casó con Adela, pensó que asumía
el riesgo de casarse con una mujer mucho más joven que

él, pero siempre había temido que la diferencia de edad afectaría un día su matrimonio. Él esperaba que tal vez su dedicación total a ella y las hijas, que como pareja habían engendrado, disuadiría a su mujer de buscar la compañía de hombres más jóvenes.

Sin embargo, el desprecio que ella le mostraba últimamente lo hizo suponer, que quizás ella se había enterado de su enfermedad. Aunque por dentro, se preguntaba si tal vez su peor pesadilla se había materializado. La sola idea de imaginarse a Adela en los brazos de otro hombre, lo horrorizaba, pero al final, su determinación para saber la verdad venció sobre su miedo.

Una noche, alrededor de las diez, después que Candela saliera de su apartamento con un vestido blanco revelador, labios pintados de rojo, y perfumada, Roel la siguió. En cuanto salió del edificio, la vio doblar a la derecha en la calle Zapote. El aire olía a asfalto húmedo de un aguacero anterior, el calor y la humedad le daban una sensación pesada en sus pulmones.

Mientras caminaba por la acera rota, se dio cuenta de un puñado de casas que tenían las luces del portal encendidas, en un par de ellas, algunos vecinos reunidos para tomar café y conversar. Desde una de las viviendas, un perro grande y flaco le ladró cuando pasó, él bajó la mirada y volvió la cabeza para evitar el contacto con los vecinos. Sin embargo, no se dio cuenta que en la calle Zapote poco escapaba los ojos de la gente, incluso una mujer que a través de su ventana lo vio siguiendo a su esposa, poco tiempo después regaría el rumor por todo el vecindario.

Roel se dijo a sí mismo, que necesitaba darse prisa si quería alcanzar a su esposa, y sus ojos se concentraron en su silueta bien proporcionada delante de él. Adela se veía tan hermosa. Realmente él apenas se parecía al hombre del cual ella se había enamorado, y que aun estuviesen juntos, producía en él una mezcla de inseguridad y orgullo.

Adela era prácticamente una niña cuando él se fijó en ella por primera vez, aproximadamente un año después que enviudó. Su primera esposa había muerto durante el parto, junto con su bebé, y esas pérdidas lo habían sumido en la tristeza. El trabajo era su única salida en aquella época, pero Adela estaba a punto de cambiar su vida. Ella visitaba a menudo la casa de una amiga, quien vivía al lado de su edificio, y lo veía salir del complejo vestido con su uniforme.

En aquel entonces Roel parecía más joven de lo que era, con su rostro cincelado, piel tostada, bíceps fuertes, y un abdomen musculoso. Ella siempre le sonreía y agitaba su mano para saludarlo cuando él pasaba. Él intentó ignorarla al principio, pero ella comenzó a pintarse los labios de rojo y a ponerse un vestido blanco de escote bajo.

Cuando Adela lo veía salir, colocaba sus brazos en las barandas del portal, con su largo cabello ondulado y negro cayendo en cascadas. A ella le gustaba ver cómo él luchaba contra su instinto de mirarla, la forma en que su cuerpo seguía hacia adelante, pero sus ojos estaban en un lugar diferente, una reacción que no satisfacía la expectativa femenina.

Entonces, ella comenzó a ponerse vestidos más escotados y a inclinarse sobre la barandilla de hierro negro cuando lo veía, mientras lo llamaba por su nombre. Él ya no podía ignorar su determinación y audacia, le sonreía, sacudía su cabeza, y seguía caminando. El pecho de ella se movía con un suspiro. ¿Acaso no la estaba tomando en serio? ¿No la encontraba atractiva?

Dispuestas a no darse por vencida, Adela finalmente ideó una trama más ingeniosa.

Los vecinos murmuraban en las esquinas sobre la actitud rebelde de Adela y sabían exactamente cuándo había comenzado. Casi dos años antes, poco después de que ella cumpliera sus dieciséis años, su padre falleció repentinamente de un ataque cerebral, entonces ella comenzó a salir con chicos mayores que ella, llegando a su casa tarde en la noche, a veces borracha. No pasó mucho tiempo sin perder su virginidad, lo cual desencadenó una nueva Adela, una que ni siquiera su madre podía reconocer.

Lula, la madre de Adela, quien entonces estaba en sus cuarenta, tenía la belleza externa de su hija, pero marcada por el paso del tiempo, con hebras de plata que adornaban su pelo grueso y negro, incluyendo líneas faciales finas cerca de los ojos de color ébano. Complementando su belleza ahora descolorida, Lula poseía un brillo interior por su bondad, cualidades que habían causado, se enamorara de ella, el padre de Adela.

Después de la muerte prematura de su esposo, Lula hizo todo lo posible para cumplir la función de padre y madre, pero Adela irracionalmente la culpaba por la muerte de su padre y decidió hacer todo lo posible para perturbarla.

Una mañana, cuando Lula dormía, Adela se despertó temprano, fue de puntillas al baño, y metió una pequeña toalla blanca en el inodoro. A continuación, haló la cadena y contempló como la toallita desaparecía con el movimiento espiral del agua. Momentos después, el agua comenzó a subir y se derramó fuera del inodoro, cayendo al suelo de baldosas.

Adela corrió a la habitación de su madre y le pidió que no usara el baño, que iría en busca de ayuda. Salió de la casa riéndose de su maldad y fue presurosamente hacia el apartamento de Roel. Sus golpes desesperados en la puerta lo despertaron, y cuando él abrió, en pijama y medio dormido, ella lo convenció de ir a ayudar a su — pobre madre ciega —.

Cuando Adela le dijo a Roel que su madre era ciega, él se dio cuenta que la conocía, pues sólo vivía en el barrio una mujer ciega. Rápidamente se vistió y la acompañó a su casa. Después de saludar a Lula, quien salió de la cocina secándose las manos cuando escuchó la puerta, su bastón colgando de su brazo y lentes oscuros cubriendo sus ojos, Roel se puso a trabajar.

La joven lo siguió y se sentó en una silla de madera oscura fuera del baño. Mientras que su madre lavaba los platos en la cocina, ella comenzó a jugar con su pelo, a respirar profundamente, cruzando una pierna sobre la otra, zapateando en el suelo con su sandalia para llamar la atención, y levantando su falda ligeramente para mostrarle sus muslos. Él siguió ignorándola, y ella suspiró y se cruzó de brazos con rabia. Momentos después, la insegura y molesta jovencita se levantó, dio la vuelta, y corrió hacia su habitación, tirando la puerta detrás de ella al entrar.

En lugar de desistir, su determinación creció y, después de la primera visita de Roel, Adela puso en marcha otro plan. Cuando el inodoro —inesperadamente— se obstruyó de nuevo, ella regresó a su apartamento vestida con una falda corta a cuadros y una blusa rosada reveladora. Roel vino a la puerta comiéndose un pedazo de pan duro con aceite y sal, su desayuno del día. Cuando ella le contó sobre el inodoro atascado, él fruncíó las cejas con incredulidad, pero se vistió rápidamente y la acompañó a su casa. Una vez en la sala, Roel le preguntó por su madre.

—Está fuera —dijo Adela jugando con sus uñas largas y rojas.

—Vuelvo cuando ella esté aquí —respondió él con una expresión seria y dio la vuelta.

Adela corrió hacia él y lo agarró del brazo.

—No estoy bromeando. ¡Date prisa! Hay agua por todas partes, y no quiero que mi madre se caiga —dijo.

Él sacudió la cabeza como si no estuviese convencido por sus palabras y comenzó a avanzar hacia la puerta entreabierta, pero ella corrió a su alrededor, la cerró y se paró frente a él.

—Por favor, quédate —le dijo en un tono que él no había escuchado antes de ella, no como una niña, sino como una mujer.

Roel se detuvo y la miró con una expresión mortificada. Al darse cuenta Adela, de que él podía sacarla del medio fácilmente, pero decidió no hacerlo;

ella avanzó un par de pasos hacia él, deteniéndose a unas pulgadas de su rostro, tan cerca, que podía oírlo respirar. A Adela le gustó el aroma tenue de almizcle de Roel. Ella le rozó su cara afeitada con su mano tibia y suave, se miró en sus ojos negros, dándose cuenta que Roel era unas dos pulgadas más alto que ella y más guapo que todos los chicos conocidos.

La respiración del Roel le hacía cosquillas y la excitaba. Su boca se acercó a la de él, sus labios gruesos, color rosa, ligeramente abiertos, tocaron los del hombre con suavidad. Sus ojos se cerraron con deleite, mientras que una gratificante sensación invadió cada parte de su ser, sentimientos que, ella creía, él compartía.

Roel respiró profundamente y retiró la mano de Adela de su cara.

—¿Qué estás tratando de hacer?—preguntó, con voz enronquecida— ¿No ves que soy un hombre y tú eres sólo una niña?

Los ojos de Adela estaban fijos en los Roel, como si estuviesen buscando la verdad más allá de sus palabras.

—Pero, no soy una niña. Hoy cumplo dieciocho años —dijo con calma, mirándolo sugestivamente, con su dedo índice deslizándolo sobre sus labios.

Ella se acercó más a él, hasta no quedar espacio entre ellos; acarició suavemente con sus labios los de él. Entonces ella le tomó la mano, se dio cuenta que era más grande que la suya, la colocó sobre su muslo y la deslizó hacia arriba, por debajo de su falda a cuadros.

—¡Me gustas! —Adela le susurró al oído.

El mal y el bien luchaban una batalla feroz en la cabeza aturdida de Roel. Le gustaba Adela. ¡Dios sabía cuánto! pero sentía no estaba bien lo que hacía, lo que sentía, por lo tanto, rescató su mano de abajo de la saya, sacudió la cabeza, caminó dos pasos hacia atrás, molesto, confundido, y sintiendo un nudo en el estómago.

—¿No te gusto? —dijo Adela mientras lo miraba, con una mirada casi angelical.

Él no respondió, pero la observaba mientras ella lo seducía con sus caderas, balanceándolas de un lado a lado, colocando la punta de su dedo índice dentro de su boca. La respiración de Roel se aceleró. Y justo cuando pensó que ya no podía contenerse, ella comenzó a desabrocharse la blusa lentamente, exponiéndose ante él, deslizando sus dedos sobre las partes íntimas de su piel, mostrándole que ella era toda una mujer, haciendo que el cuerpo de Roel reaccionara al compás del suyo.

Las rodillas de Roel se debilitaron, sentía ira y placer al mismo tiempo, mientras hacía hasta lo imposible por luchar contra sus impulsos. Pero entonces, ella tomó las manos de Roel, las atrajo a su pecho blanco, ansioso de sus caricias. Él acarició sus senos suavemente, admirando la belleza femenina, su delicada piel. Roel respiraba más rápido que antes, el calor y la suavidad del cuerpo de Adela lo excitaban, haciéndolo temblar. Ella era más hermosa de lo que había imaginado. Su piel impecable y blanca parecía como un regalo de los ángeles.

Dándose cuenta lo cerca que estaba de lograr su objetivo, Adela se desabrochó su falda y la dejó caer al suelo. Parecía como una diosa delante de él. Roel al verla tan vulnerable, su cuerpo gritando por el suyo, se desquició y sintió que había perdido el control. Ella lo abrazó y besó sus labios, entonces él respondió con desesperación. Cuando ella restregó su cuerpo desnudo contra Roel, éste pensaba que los cielos se habían abierto.

Mientras sentía la mano de Adela tocándolo, ella gemía de placer y él también. Ya Roel no podía mostrar indiferencia. ¡Oh, Dios mío! ¿Qué estaba haciendo? ¿Cómo permitió que ella lo convenciera? Había perdido el sentido del tiempo y del lugar. La sangre hervía en sus venas. Ella reía al observar su desesperación por ella, la forma magistral con la que sus manos exploraban cuerpo, lo cual la hacía sentirse como si él estuviese tocando su propia alma. Los labios ansiosos de Roel buscaron los de ella con una intensidad, que nunca antes Adela había sentido, tan diferente a los besos intercambiados con los muchachos de su edad. Ella supo entonces, con certeza, que se había enamorado.

La forma en que los labios húmedos de Roel se deslizaban por su cuerpo, empezando por su cuello y viajando hacia abajo, la hicieron sentir como nunca antes, como una reina, como una emperatriz. Estaba tan feliz, sabiendo que ya no podría resistirse a ella, que tuvo la sensación que el mundo estaba a sus pies.

Después de su primer encuentro, Adela empezó a visitar el apartamento de Roel a menudo. Ella lo hacía sentirse vivo de nuevo, como la brisa del océano acariciando su cara en noches de verano. Pero él era suficientemente mayor para darse cuenta de que esto no era amor, solo la deseaba. Adela se merecía algo mejor, no lo que él podía ofrecerle, además necesitaba alguien más joven.

Luchó con la idea de alejarse de ella, pero en poco tiempo, ella había comenzado a ocupar sus pensamientos cada hora del día. Roel se obsesionaba con la forma en que ella olía, su sonrisa, su piel clara, el cabello largo y oscuro. Él quería estar con ella todo el tiempo. No podía pensar sin ella a su lado. Siempre se decía a sí mismo que estaba cometiendo un error, ¡debía alejarse! Ella era demasiado joven para saber lo que realmente quería, y su amor por él pasaría.

Un día, después de torturarse a sí mismo por muchas noches, decidió a hablar con ella. Necesitaba decirle la verdad. Le explicó con calma, como un profesor que hablaba con una estudiante, no como su amante. A medida que hablaba, se dio cuenta de lo condescendiente que le parecería a ella. Los ojos de Adela se llenaron de lágrimas, y ella le rogó que no la dejara.

—¡Te amo! —dijo y se puso a llorar con tanta emoción que lo hizo lamentar haber puesto sus ojos en ella. Le dolía verla llorar. Amor, ¿qué sabía ella de amor?

No podía dejarla, y los encuentros continuaron, cada uno más feliz que el anterior. Finalmente, después de un par de meses, decidió que no quería vivir sin ella; que deseaba, más que todo, cuidarla y protegerla durante el resto de su vida. Él sabía que los vecinos lo juzgarían, pero su decisión estaba tomada. Por fin, habló con la madre de Adela y pidió la mano de su hija en matrimonio. Lula sabía que su hija iba por un camino equivocado. Ella no podía proporcionar la estructura que necesitaba. Pensó que un hombre mayor ayudaría a su hija a llenar el vacío paterno y aceptó su propuesta.

El matrimonio pareció borrar en Lula la tristeza que la muerte del padre de Adela le había ocasionado, al menos, al principio. Ella recuperó a su hija, y, finalmente, ganó a dos nietas, es decir, después de que su hija perdiera su primer embarazo. Roel era bueno con Adela y con su madre. Él hacía cualquier cosa por ellas, incluso comprar bienes en el mercado ilegal cuando las raciones no eran suficientes. Todo era poco para su Adela.

Pero el tiempo y la situación de deterioro económico en Cuba, cambiaron de forma generalizada la dinámica de su relación. A través de los años, el pelo y el bigote negro de Roel se volvieron color cenizo, su rostro se hundió bajo sus pómulos, sus ojos perdieron el brillo de la juventud, parecían cansados y ausentes; además los problemas de la tuberculosis y el corazón, comenzaron a dañar sus pulmones. Adela se volvió distante. Él pensó que su estado de salud no era excusa para que ella lo tratara como a un extraño. Sentía que merecía su devoción.

Ahora aquí estaba, él, casi un anciano, persiguiéndola por las calles de La Habana avergonzado; y ella, una mujer vibrante que parecía querer algo más de la vida. Después de seguir a Adela durante unos minutos, Roel se detuvo derrotado por la tos y se cubrió la boca para amortiguar el sonido. Ni siquiera había caminado media cuadra y ya se sentía sin aliento.

Más adelante, en la esquina de las calles Zapote y Serrano, la vio doblar a la izquierda. Trató de caminar más rápido, pero su tos persistente impidió su marcha. Finalmente, cuando llegó a la esquina, tuvo que aferrarse al tronco de un árbol de tamarindo. Le faltaba el aire. Su camisa estaba empapada en sudor; su corazón latía con fuerza, y su visión estaba borrosa. Cerró los ojos y trató de respirar profundamente, pero la tos no se lo permitió.

Roel se quedó muy quieto por un momento, los ojos cerrados, y esperó a que su respiración volviera a la normalidad. Por fin, empezó a sentirse mejor. Al abrirlos de nuevo miró en la dirección donde la había visto por última vez. Engurruñó los ojos para tratar de encontrar su vestido blanco en la calle oscura, pero no pudo divisarlo. Era como si hubiera sido devorada por la noche.

Derrotado y cansado, regresó a su casa. Cuando llegó, se sentó en el sofá estampado con flores de su pequeña sala y esperó. Su paciencia sería puesta a prueba esa noche. Encendió un cigarrillo, se puso de pie, se sentó, y cambió sus posiciones docenas de veces. La sala estaba prácticamente oscura, excepto la luz de su dormitorio, que se derramaba por la puerta parcialmente abierta.

Su hija menor dormía en su habitación. La mayor, Alicia, estaba fuera con sus amigas en una fiesta en casa de un vecino. Le había dicho a su hija en muchas ocasiones que no quería ella asistiera a fiestas donde los jóvenes bebían ron con jugo de frutas y bailaban, con las luces apagadas, al ritmo de la música americana prohibida. Cualquier cosa podía suceder en esos lugares.

Pero a su hija Alicia no le importaba. Parecía distante, por lo que Roel se preguntaba qué había hecho para merecer tal tratamiento. Sentía como si se estuviera volviendo loco, observando cómo su vida se derrumbaba frente a sus ojos, y lo peor: imaginándose a su esposa en los brazos de otro hombre.

Cuanto más esperaba, mayor era su impaciencia, preguntándose a menudo: ¿dónde diablo estará? La última vez que sus ojos contemplaron el reloj, eran las dos. Ahora más que nunca, quería enfrentarse a ella, pero sus párpados se cerraban involuntariamente, y su fuerza se evaporaba como una gota de agua en pleno sol de agosto.

Por fin, la puerta se abrió y Candela entró de puntillas. Cuando logró adaptar sus ojos a la oscuridad, distinguió la silueta de Roel, sentado inmóvil en el sofá. Ella quedó como congelada cuando lo vio.

—Roel, ¡que susto me diste! ¿Qué haces aquí? —preguntó Candela.

Él detectó nerviosismo en sus palabras, pero respiró hondo y le dijo con una voz calmada, carente de emociones:

—¿Dónde estabas?

Adela se dirigía hacia interruptor de la luz, cuando Roel agregó:

—Deja la luz apagada. Me duele la cabeza. ¿Pero dime, dónde estabas?

—En casa de mi amiga.

—¿Qué amiga? —preguntó Roel. Él podía oler el sudor de Adela mezclado con la aroma de su perfume.

—Marta. ¿Acaso no te dije dónde iba antes de salir?

Roel percibió la esquivez en su voz.

—No, no me lo dijiste —dijo Roel—, pero ¿por qué llegaste tan tarde?

Ella se encogió de hombros:

—Yo no tengo que responder a tus preguntas—respondió Adela alejándose de él y tirando su bolso en una silla.

Roel la miró, perplejo.

—¿Cómo que no tienes que responder a mis preguntas? Soy tu esposo.

Adela levantó su antebrazo y agitó la mano hacia atrás despectivamente.

—Déjame en paz, Roel. Estoy verdaderamente cansada. Duerme en el sofá esta noche si así lo deseas. Me voy a la cama.

Candela forzó un bostezo y se alejó levantando su cabellera con sus manos y echándolo hacia un lado. Mientras tanto, Roel, respirando con dificultad, sus fosas nasales dilatadas, se levantó y la siguió hasta su habitación. Ella apagó la luz, pero él volvió a encenderla, la agarró por un brazo, y la obligó a enfrentarlo.

—¡Dime por qué llegaste a esta hora!

Ella trató de soltarse de Roel, pero él era más fuerte. Roel olía el alcohol en el aliento de su esposa.

—Me estás lastimando. ¡Déjame en paz!—le gritó.

Al darse cuenta de la marca de un chupón en el cuello de Adela, Roel sintió su cuerpo poniéndose más tenso. La agarró por los hombros y la sacudió, murmurando:

—¡O me dices dónde estabas o no respondo de mí!

—¡Déjame en paz, viejo estúpido!

Las palabras de su esposa le dolieron más de lo ella se imaginaba, y sin pensarlo, le dio una bofetada. Adela se dejó caer en la cama y esquivó la mirada para ocultar sus lágrimas. Cuando Roel se dio cuenta de lo que había hecho, inicialmente se molestó con ella por provocarlo y hacerlo que perdiera el control. Luego, dirigió su ira contra sí mismo, por dejar que las acciones de ella afectaran las suyas.

Adela no pudo contener sus lágrimas, y enterró sus manos y su rostro en la almohada mientras lloraba, con su espalda hacia él, sus piernas dobladas. Su vestido era tan corto que Roel podía ver su blúmer, un bikini blanco que Roel no reconocía.

—Me pegaste. ¡Hijo de puta! Ahora no te voy a decir nada. ¿Me escuchas? ¡Nada! —dijo Adela y luego sus palabras se ahogaron en sus sollozos.

De repente, detrás de Roel, Candela distinguió la silueta menuda de su hija menor.

—Mamá, papá, ¿qué pasa? Mami, ¿por qué lloras?

Rita estaba junto a la puerta de la habitación con su pijama de color rosa, su pelo negro, largo y ondeado, cubriendo parcialmente su rostro.

Candela haló la colcha amarilla hasta su cintura para cubrirse, mientras que Roel, frustrado, cerró los puños. No soportaba más su situación. Dio la vuelta y se fue de la habitación y el apartamento, mientras que madre e hija se abrazaban y sollozaban.

***

Sentado en silencio en el autobús que lo llevaría cerca del Malecón, el paseo marítimo de La Habana, Roel recordó que como recién casados, él y Adela se paseaban tomados de las manos por el malecón, soñando con el día que pudieran cruzar el océano. Ahora regresaba a este lugar solo, muchos años después, por una razón muy diferente.

El día anterior había visitado a Yolanda, la santera del barrio y una adivina, en su apartamento de la calle Zapote. Había oído a sus vecinos hablar de cómo Yolanda se comunicaba con los santos. Muchos tenían miedo de su capacidad de predecir el futuro. Algunos decían que ella había predicho la muerte de un hombre, y que una semana más tarde, este se había caído muerto. Otros comentaban que ella lo había maldecido provocando que muriera de un fallo hepático. Independientemente de lo que sucedió, ella infundía temor en la memoria colectiva de la vecindad. Pero Roel no pensaba que tenía otra alternativa. Necesitaba saber más acerca de su esposa.

Tocó a la puerta sucia del apartamento de Yolanda. Esta abrió y lo invitó a pasar. El pensar que pronto sabría la verdad sobre su esposa le provocó escalofríos. Cuando Yolanda cerró la puerta, la habitación se sumergió en una oscuridad casi completa, a excepción de cuatro velas encendidas que iluminaban los altares de la Virgen de la Caridad y San Lázaro, y otra vela en una mesita de madera en la esquina de la habitación.

Yolanda tenía brazos gordos y una barriga grande que no coincidía con sus piernas mucho más delgadas. Su cara rolliza y grasienta destacaba sus pequeños ojos negros. Ocultaba su cabello decolorado bajo un turbante blanco, menos algunos mechones que se escapaban por debajo de éste, que parcialmente cubrían un costado de su cara. Vestía de blanco, sin zapatos, y olía a sudor.

A petición de Yolanda, Roel se sentó en una mesa frente a ella. La luz de las velas iluminaba el rostro de Yolanda haciendo que sus mejillas blancas parecieran hinchadas y encima, sus ojos, como dos agujeros negros.

Ella cogió un tabaco que descansaba en un cenicero de cristal, tomó una larga bocanada, y a continuación, exhaló. Roel observaba el tabaco quemándose lentamente mientras que el humo se disipaba a través de la habitación, haciéndolo toser. Roel dirigió su mirada hacia los santos y a la oferta de alimentos podridos que consistía de tres plátanos ennegrecidos. Las ventanas de la vivienda estaban cerradas y la habitación se sentía calurosa.

La mujer tomó un recipiente de madera que contenía caracoles y los derramó sobre la mesa, mientras cerraba sus ojos y extendía sus brazos hacia adelante. Ella se quedó así durante un minuto, y luego comenzó a retorcer su cuerpo como en un trance. Roel siguió sus movimientos, y se dio cuenta de las uñas sucias y cortas de Yolanda.

—Roel—dijo la mujer en una voz tranquila—. Estás muy enfermo.

Los ojos de Roel se exaltaron y sintió deseos de irse. Tenía miedo.

Ella asintió con la cabeza varias veces. —Sí. . . Sí— dijo Yolanda como si hubiera visto algo.

—Has sido lastimado por una mujer. Mujer bonita.

Ella frunció el ceño y asintió de nuevo. Luego se inclinó hacia él y apoyó la barbilla entre sus dedos pulgar e índice.

—Sí—repitió. Su voz carecía de emoción y pronunciaba cada palabra lentamente—. Hay un lugar cerca del mar. La verdad te espera allí. Nunca encontrarás la paz hasta que la verdad no se te releve.

Roel tragó en seco.

—¿Dónde?

—Veo un muro al lado del mar. Hay un edificio al frente. Un hotel, tal vez. —dijo.

—¿El Nacional? —preguntó.

Ella abrió los ojos y miró a Roel con miedo en su expresión.

—Sí. No vas a descansar hasta que encuentres la verdad. Pero no, no debes procurarla.

Roel la miró con confusión.

—¿Me puede decir lo que voy a ver allí?

—No. No puedo hacer eso. Esto es todo lo que te puedo decir.—dijo Yolanda nerviosamente.

Roel se levantó y empujó la silla lejos de él.

—¡Esto es una mierda!—gritó, tiró veinte pesos sobre la mesa y se fue del apartamento.

Ahora, mientras se sentaba en el autobús con sus ojos hacia las calles de la ciudad, no podía dejar de pensar en lo que le dijo Yolanda. Qué desperdicio de dinero y tiempo, pensó.

El autobús lo dejó en la esquina de L y la calle 23, y a partir de ahí, comenzó a caminar lentamente hacia el mar, con calma, ignorando los altos edificios, restaurantes y hoteles que estaban a ambos lados de la calle. Pensaba que, al caminar a este ritmo, la tos no lo afectaría. La gente que iba y venía parecía molesta por su lentitud, pero no se apresuró. Le sobraba el tiempo. Cuando estaba a menos de una cuadra, podía oír las olas rompiendo contra las rocas con furia. El olor de la sal del mar lo llenó de anticipación a medida que un sol naranja se ocultaba en la distancia, encima de las aguas verdosas del mar.

A lo largo de la longitud del Malecón, el paseo marítimo de La Habana, donde los niños sin camisa jugaban en las rocas y los amantes se besaban al lado del muro, vio a mujeres vestidas atrevidamente provocando a los conductores de automóviles que pasaban. Otras ofrecían sus servicios a los extranjeros, quienes cruzaban la amplia avenida que separaba sus hoteles del muro del mar.

Roel buscaba a Adela entre las caras que adornaban el paseo. Ahora, a medida que la oscuridad se asomaba, las farolas amarillas situadas sobre el Malecón comenzaron a encenderse. Una mujer pelirroja en la acera se acercó a Roel por detrás y le dio un golpecito en el hombro.

—Oye papi, ven aquí mi amor. Tengo una papaya que es mejor que la de Zoraida—ella dijo levantando su falda y seductoramente deslizando sus dedos entre sus piernas, sus uñas largas pintadas de rojo.

La miró con una expresión mortificada y continuó su paseo. Ella le gritó obscenidades mientras se alejaba. Poco después, Roel escuchó una voz directamente en frente de él.

—Candela, mi amor, al fin llegaste. Pensé que tu marido no te permitiría venir.

La voz femenina se hizo eco a través del paseo. Él alzó la vista y, en la distancia, vio a una mujer alta y rubia que se aproximaba. La rubia estaba hablando a una trigueña que caminaba a poca distancia de Roel. Este curiosamente examinó el cuerpo de la trigueña, las piernas tonificadas y las nalgas redondas, ocultas detrás de una corta falda blanca. Cuando las dos mujeres estaban muy cerca una de la otra, él se detuvo y miró hacia el mar para evitar ser descubierto.

—Perdona que llegué tarde Marta —dijo la trigueña.

Reconoció la voz. Es ella. ¡Es Adela! Él pensó. Las mujeres se besaron en las mejillas, y Roel continuó escuchando a pocos pies de distancia.

—¿Cómo está Roel? —preguntó Marta. Roel contrajo la mandíbula cuando escuchó su nombre.

—Cada día más enfermo y más viejo —dijo Candela—. Pero ya deja de hablar de mi marido. ¿A quién vamos a ver esta noche?

Los ojos de Candela brillaban, mientras Roel sentía que su corazón latía más rápidamente y que su respiración era cada vez más laboriosa.

—Los dos italianos que vimos la semana pasada están de vuelta de nuevo. Nos están esperando en la Barraca.

Marta sonrió y levantó las cejas con coquetería antes de añadir:

—Entonces, después de la cena, nos llevarán a sus habitaciones en el Hotel Nacional. Les pagaron a los guardias de seguridad para que nos dejen entrar por atrás del hotel.

—Bueno, vámonos —dijo Candela mientras sonreía y agarraba el brazo de Marta.

Luego, las dos mujeres atravesaron la amplia avenida. Los conductores de algunos de los automóviles sonaban su claxon y un par de ellos gritaron de sus coches mientras ellas cruzaban:

—Mami ¡qué rica!

Las mujeres sonrieron y se fueron en la dirección del Hotel Nacional, un majestuoso hotel de varios pisos inaugurado en el 1930 que, antes del triunfo de la revolución, había sido sede de las reuniones de la mafia; pero sobre todo frecuentado por líderes mundiales y personalidades muy conocidas, como Winston Churchill y Ernest Hemingway.

Faltándole el aire, Roel esperó hasta que su esposa y su amiga desaparecieran detrás del magnífico edificio de color crema. Se apoyó en el muro del Malecón, cansado y sin aliento. Tosió un par de veces y colocó su mano derecha sobre el pecho. ¿Cómo podía haber estado tan ciego? ¿Cómo pudo ella traicionarlo de esta manera? ¿Qué pensarían sus hijas si se enteraran que su madre era una jinetera? Tal vez era su culpa; tal vez él la alejó con su falta de virilidad. Si le hubiese prestado más atención, pero no, ninguna mujer decente engañaría a su familia así. Ninguna mujer decente dejaría que manos desconocidas exploraran su cuerpo a cambio de unos pocos dólares. Era culpa de ella, quien había abandonado sus principios a cambio de las migajas que le ofrecían los extranjeros. Estos fueron sus pensamientos mientras trataba de reconciliar lo que acababa de presenciar. Roel miraba a la inmensidad del océano y exploraba sus opciones. Sentía que su cuerpo se apagaba. Era como si estuviera en un túnel rodeado de gente que podía ver a través de él, de sus debilidades.

Queriendo huir de las jineteras y las parejas que se paseaban por el Malecón, comenzó a caminar hacia la parada del autobús. La adivina tenía razón, pero cuando ella le dijo que la verdad lo esperaba allí, no le advirtió lo increíblemente doloroso que sería enfrentarla. Necesitaba tiempo para pensar en cómo responder a este golpe, pero la presión que sentía en su pecho revolvía sus pensamientos.

De camino a casa, Roel se sentó en silencio en el autobús mirando como los edificios pasaban rápidamente en frente él. Luchaba contra su ansiedad mientras consideraba varias alternativas. Luego de un rato, al fin se decidió por una. Sabía cómo iba a castigarla por sus infidelidades. ¿Por qué no se le ocurrió antes? Ahora, sus músculos empezaban a relajarse; su respiración volvió, poco a poco, a la normalidad, a pesar de que un adormecimiento y entumecimiento abrumador se apoderaba de él.

Cuando Roel entró en su apartamento, notó una hoja de papel sobre la mesa del comedor debajo de la lámpara. La leyó con los ojos, —Papá, voy a una fiesta. Estaré en casa alrededor de 1 a.m. Te quiero. —Su hija menor, Rita, la había firmado. Respiró hondo y dijo con nostalgia en su voz: —Lo siento mucho, Rita.

Se sentó en el sofá y esperó. A través de la larga espera experimentó ira, miedo y tristeza. Las palabras de

Adela todavía latían en sus oídos y lo debilitaban. ¿Cómo lo había podido traicionar?

Poco después de la una llegó Rita. Como si sospechase una pelea, ella le preguntó por su madre y Roel respondió con calma:

—Está fuera.

Rita bajó la mirada, sacudió la cabeza, y luego levantó los ojos para encontrar los de su padre.

—Lo siento, papá, —dijo ella con una voz temblorosa y lo abrazó.

En el sincero abrazo de su hija, Roel se dio cuenta de lo que debería haber sabido hacía mucho tiempo. ¡Rita lo sabía! Todo el mundo lo sabía. ¿Cómo podría hacerles frente a sus vecinos de nuevo? Probablemente se reían de él cada vez que pasaba y hablaban de lo poco hombre y lo inútil que era. Roel le dio un beso y las buenas noches a su niña, y ella se aferró a él con fuerza y sollozó, como si supiera que él había descubierto la verdad. El sentir sus lágrimas le daba dolor.

A los dieciséis años, Rita se parecía tanto a su madre -el mismo pelo ondulado largo y negro, los ojos almendrados de color azabache, y el cuerpo bien proporcionado.

—Buenas noches papá. Te quiero. —dijo Rita.

—Buenas noches, mi princesa.

Después de que su hija se fue a su dormitorio, Roel apagó las luces y dejó caer su cuerpo en el sofá. Nunca se imaginó que podría despreciar a su esposa tanto como ahora. Sacó un cigarrillo, lo fumó lentamente, observando cómo se quemaba y el humo se disipaba en la oscuridad.

Se debe haber quedado dormido porque cuando él miró el reloj de nuevo, eran las tres. Se dirigió a la habitación para comprobar si Adela había entrado, pero la cama todavía estaba hecha, por lo que volvió a su puesto.

Algún tiempo después, el crujido de las bisagras de la puerta lo despertó. Eran las cinco. Cuando Candela entró de puntillas, él fue el primero en hablar.

—Al fin llegaste. —le dijo.

—Me asustaste. ¿Qué estás haciendo despierto? —Adela le preguntó y comenzó a caminar hacia el interruptor de la luz.

—Vamos Candela. ¿No es así como te llaman?

Ella quedó como congelada.

—Deja la luz apagada. Me duele la cabeza. —agregó Roel.

Ella contrajo las cejas.

—¿Candela? ¿Quién me llama así?

Él se rió sarcásticamente e hizo un gesto de negación con la cabeza antes de responder.

—Marta, tus amantes, y probablemente toda la gente fuera de este apartamento te llama Candela. En realidad, que importa. Pero dime, ¿por qué lo hiciste?

—No sé de qué estás hablando —dijo Candela esquivando la mirada. Momentos después, subió las manos mientras miraba a Roel y le dijo:

—¿Sabes qué? Estoy cansada de tus celos, tus acusaciones, y tus insultos. ¡Me voy a la cama!

Ella levantó la barbilla y se fue hacia su habitación mientras él la siguió. Cuando ambos estaban dentro, él cerró la puerta.

—¿Qué crees, que puedes alejarte de mí así como así? ¿Dime cuántos hombres Candela? —dijo Roel acercándose a su rostro.

—¡Deja de llamarme así!

El sonido de su voz, la culpabilidad que surgía de ella, hizo que su corazón latiera más rápido, y que su ira se convirtiera en un monstruo dentro de él. La agarró por el pelo, trayéndola hacia él, y colocando su mano debajo de su vestido.

—Me estás lastimando —dijo ella al borde del llanto, al sentir sus dedos enterrándose en su interior.

Él sonrió con una ironía poco común en él.

—Vamos —dijo mirándole a los ojos—. Dime. ¿Es esto lo que quieres? ¿Dime cómo se siente ser una puta asquerosa?

Él la había inmovilizado contra la pared, su cuerpo tensándose cuando pensaba en su traición.

—¿Fue el italiano más hombre que yo? Respóndeme.

Roel apretó los dientes, su rostro muy cerca al de ella. Podía oler una mezcla de perfume, sudor, y alcohol en su esposa. Ella tragó en seco y eludió sus ojos.

—Deja de lastimarme —Candela le rogó.

Roel la soltó por un momento, y luego la agarró por los hombros y la sacudió. ¿Cómo podía estar tan ciego? La imaginó en los brazos de otro hombre, riéndose, entregando su cuerpo y alma por el vestido que llevaba, uno que no reconocía, y no podía soportarlo. Todo comenzó a caer en su lugar ahora, su vestido, su perfume. Agarró su vestido y lo ripió con sus manos, dejando al descubierto la parte superior de su cuerpo.

29

—¿Cómo pudiste hacerme esto a mí y a tu familia? ¿Qué clase de monstruo eres? —gritó Roel mientras ella trataba de cubrirse.

—¿Es esto lo que quieres que haga? ¿Es así como quieres que te trate? —Roel le preguntó y apretó sus senos con rabia: —Dime, ¿es así como te tocan?

—¡Suéltame que me haces daño! —ella gritó.

Él encogió sus cejas y sacudió la cabeza.

—Te he tratado como a una reina todos estos años. Siempre estuviste primero. Eras mi vida —le gritó, con los ojos llenos de lágrimas, con la voz quebrada. Él hizo un gesto de negación con la cabeza, pues mientras más pensaba en lo que ella había hecho, menos lo podía comprender. —Vas a decírmelo todo —Roel le ordenó.

—¿Qué querías que hiciera? —dijo ella. —¿Cómo carajo esperabas que viviéramos de tu desgraciado retiro? ¿Crees que se puede mantener a una familia vendiendo mermelada de guayaba? ¿Lo crees?

Roel podía sentir su sangre subiendo a su rostro. Soltó sus senos, pero la mantuvo clavada contra la pared con su cuerpo. Cerró los puños fuertemente enterrando sus cortas uñas en su piel.

—¿Dime cuántos amantes? ¿Era mi médico uno de ellos? ¿Te dijo que estaba enfermo? —él hizo una breve pausa. Ella permaneció en silencio con los ojos desafiantes evitando los del marido.

—Lo has destruido todo. Tú y nuestras hijas eran todo lo que yo tenía. ¿No crees que esto las afectará a ellas? —dijo Roel apretando los dientes. —¿Dime cuántos amantes tuviste Adela?

Sin mirarlo, ella respondió de una manera fría y calmada. —No creo que tú lo quieras saber.

—¡Dímelo coño! —Él gritó y le dio una bofetada. El ardor en su cara alimentó la ira de Adela.

—Muy bien, ¿lo quieres saber? Pues te lo voy a decir —gritó ella mirando a los ojos de su marido—. Sí, el doctor me dijo que estabas enfermo. En cuanto a mis amantes, han sido más hombres de los que te puedes imaginar. Date cuenta de esto, de una vez por todas. ¡Todo ha acabado entre nosotros!

Respirando con dificultad, Roel contrajo la mandíbula y cada músculo de su cuerpo se tensó. Miró a su esposa con odio en sus ojos y dolor en su corazón. Se preguntó que había visto en ella y cómo no había notado antes la bestia que llevaba en su interior.

Sus ojos se volvieron hacia un cuadro en la pared que lo mostraba a él cuando era mucho más joven, vestido con su uniforme de policía, de pie, sonriente, con orgullo. ¿Qué le sucedió a ese hombre? ¿Cómo dejó que Adela lo destruyera? Metió la mano en la parte de atrás de su pantalón. Luego, lentamente, dio unos pasos hacia atrás, agarró el arma con ambas manos y le apuntó a su esposa. Candela abrió sus ojos espantada cuando vio su pistola y comenzó a sacudir la cabeza.

—Por favor, no hagas esto. ¡No, no, no, no! No lo hagas. Estaba furiosa, y dije lo que dije por rabia. Te pido que pienses las cosas. —Adela le suplicó colocando las palmas de las manos unidas.

Roel no se movió, solo se limitó a mirarla, concentrándose en sus ojos almendrados, los mismos ojos de su hija menor, llenos de lágrimas.

—Piensa en nuestras hijas—Adela le suplicó. —¿No entiendes? Lo hice por ellas, por nosotros. ¿No ves que la ropa que se ponen y los alimentos que comemos? ¿Cómo piensas que podíamos darnos esos lujos? Por favor, no hagas esto. Candela lo miraba con desesperación. Las lágrimas le rodaban por su rostro suave, la cara que había adorado por tantos años.

—Te ruego que no lo hagas —repitió ella mientras su voz se ahogaba en sus emociones.

Él pensó en sus hijas, en su enfermedad. Nunca podría quitarle la vida a su esposa, no importaba lo que ella le había hecho. Era él quien ya no tenía un lugar en el mundo. Estaba cansado de luchar, cansado de la pesadilla en que se había convertido su vida. Poco a poco, comenzó a alejar la pistola de ella. Le quedaba una sola opción.

Roel respiraba más rápido ahora y podía oír su corazón latiendo con fuerza. Tosió por la falta de aire. Adela aprovechó y golpeó su brazo fuertemente, lo que causó que el arma se cayera de sus manos. Esta era su oportunidad. Ella se apresuró a buscar donde había caído, pero no podía encontrarla. La adrenalina corrió por su cuerpo. Alcanzó un sujeta-libros de madera oscura de su mesita de noche, se acercó a Roel, levantó los brazos en el aire y lo golpeó en la cabeza fuertemente. Roel seguía tosiendo mientras que llevaba una mano a su pecho, pero ella no mostraba piedad.

—¿Es así como pensabas que podías resolver tus problemas? ¿Quitándome la vida? No te quiero en mi vida nunca más. ¿Me escuchas? —ella le gritó pronunciando cada palabra con convicción: —¡Te odio! ¡Te odio!

Una vez más, Adela elevó el sujeta-libros con sus manos y le dio un segundo golpe. Él alzó las palmas de sus manos hacia ella, pidiéndole que parara.

—¡Te odio! —Adela volvió a gritar temblando.

Roel seguía tosiendo y pidiéndole con sus manos que tuviera piedad.

Detrás de ellos, la puerta se abrió lentamente, y Rita entró en la habitación y vio a su madre de pie, detrás de su padre, con el sujeta-libros en sus manos. Vio a su padre sangrando y poniéndose de un color morado, mientras jadeaba por la falta de aire. Desde su posición, Rita notó la pistola que había caído debajo de la cama. Le dolía ver a su padre así, tan frágil, tan indefenso contra su madre. No quería que ella lo lastimara más.

Temblorosa, recogió el arma y sus ojos se llenaron de lágrimas cuando los recuerdos inundaron su mente, como un río rugiente. Había visto tanto. Ella recordó cuando junto a su hermana mayor encontraron a su madre, en los brazos de un vecino, mientras su padre trabajaba como policía. Rita tenía once años entonces.

—No se lo digan a su padre—Adela le había pedido a sus hijas. Pero esto no sucedió una sola vez. Las hermanas habían visto a Adela en brazos de los vecinos, una y otra vez. Les daba vergüenza salir a la calle y ver los amantes de su madre, quienes sabían que ellas lo sabían. Cada vez, Adela les aseguró que no volvería a ocurrir. Sin embargo, sus promesas fueron en vano. ¿Cómo podía su madre tratar a su padre de esa manera? ¿Cómo podía portarse con su familia de esa forma? Él lo único que hacía era trabajar para mantener a la familia. ¿Es que acaso él no podía él darse cuenta de lo que estaba pasando?

Cuando su hermana, Alicia, tenía la edad suficiente para salir, y su padre ya no lograba hacer nada contra su rebeldía, Alicia había encontrado refugio en la música alta y el licor de las fiestas clandestinas del barrio. Alicia y Rita compadecían a su padre, por su patética existencia, pero la compasión de Alicia se había convertido en ira y resentimiento.

A través de sus lágrimas, Rita vio a su madre a elevar el sujeta-libros en el aire de nuevo. Rita dio unos pasos hacia atrás, apuntó el arma, cerró los ojos y disparó.

* * *

Luego de este incidente, los rumores se regaron a través de la calle Zapote como una inundación repentina. Días más tarde, cuando los rumores se ahogaron en la rutina diaria, un vecino vio a una mujer joven, que llevaba un vestido de algodón blanco con una falda acampanada, entrar en el cementerio de Colón, justo antes que el sol comenzara a desvanecerse. Su pelo ondeado negro caía suavemente sobre sus hombros, y en sus manos, ella llevaba una docena de flores blancas con sus tallos envueltos en un celofán delgado. Pasó por varias tumbas y estatuas de mármol que hacían el hogar de muchos en el cementerio de Colón, leyó los nombres, y se detuvo frente a una. El epitafio rezaba «Roel Villanueva González, buen esposo y padre.» Ella se paró frente a esta tumba durante mucho tiempo, acarició las letras de su nombre, y limpió el polvo de la piedra con un pañuelo.

—Lo siento, papá, —dijo, con la voz quebrada.
—Ella no puede hacerte daño nunca más.

Una lágrima solitaria corrió por su rostro cuando depositó las flores en la lápida y se alejó.

Y algún tiempo después, los vecinos verían a Candela caminando por las calles de nuevo, con un vestido rojo revelador, mientras sus caderas se balanceaban de un lado a otro. Su bello cabello ondeado rebotaba en cascadas sobre sus hombros, mientras los hombres la miraban y las mujeres volteaban sus ojos hacia el cielo.

El primo Andrés

Angélica estaba junto a una mesa rectangular de madera oscura cortando un trozo de tela de lino blanco. Sin levantar la vista, le anunció a su pequeña hija que más tarde la llevaría al hospital infantil a visitar a su primo, advirtiéndole que no tuviera miedo.

Como una niña curiosa e inquisitiva de seis años de edad, Laura quería saber más.

—¿Qué edad tiene? —preguntó la pequeña mientras observaba a su madre trabajar. Angélica se echó su largo cabello castaño claro detrás de las orejas y se ajustó los espejuelos que usaba sólo cuando trabajaba.

—Tiene nueve años, tres más que tú. Ahora, por favor, ve a jugar. Tengo que terminar este vestido —dijo con impaciencia.

Andrés, el primo de Laura, había sido ingresado en un hospital caritativo de La Habana. Durante la corta trayectoria en el autobús, después que madre e hija tuvieran la suerte de encontrar dos asientos vacíos, las interminables preguntas de   Laura sobre Andrés continuaron, como si participaran en un partido de pingpong:

—¿Por qué está Andrés en el hospital? —preguntó Laura.

—Tuvo un accidente.

—¿Qué pasó?

—No sé.

—¿Dónde se lastimó?

—No sé.

—¿Y él, es bueno?

—Sí.

—¿Dónde está su mamá?

—Laura, ¿puedes quedarte en silencio por un rato?

La niña bajó la mirada y jugó nerviosamente con sus dedos durante el resto de su viaje.

El autobús no las dejó lejos del hospital, y el sol estaba alto en el cielo cuando llegaron. Se acercaron tomadas de la mano a la entrada del edificio de color crema, que brillaba por el resplandor.

Una enfermera rubia las llevó a un salón enorme y sin ventanas, donde notaron, a ambos lados, dos hileras de camas de metal, alineadas de manera uniforme y percibieron un olor antiséptico. Cuando Laurita vio las caritas tristes de los niños enyesados y quemados, se escondió detrás de la falda azul de su madre.

La enfermera les señaló la cama de Andrés, y luego que madre e hija pasaran por las de los otros niños, Laurita se acercó a la de su primo lentamente, con una expresión de temor. Agrandó sus ojos cuando notó las vendas que cubrían la mayor parte de su cuerpo y los yesos que encapsulaban tres de sus extremidades. A pesar de los vendajes, eran visibles sus profundos ojos azules y pequeños trozos de su pelo rojo. Angélica le presentó a Laurita su primo. La niña sonrió, y lo saludó con su pequeña mano, pero él casi no le respondió y esquivó su mirada.

Angélica procedió a explicar el propósito de su visita. Le dijo a Andrés que después de su salida del hospital tendría que ir a vivir con ellos. Andrés hizo un gesto negativo con la cabeza.

—No me voy con usted —dijo. —Quiero volver a mi casa del campo.

En un tono frío que asustó a Laura más que los niños vendados, su madre respondió:

—Hijo, no puedes volver a tu casa. Tu madre ha muerto, y tu padre, mi hermano, falleció hace unos meses. Puede que no lo recuerdes a causa del accidente. No hay otra persona que te pueda cuidar. Uno de los parientes de tu madre se llevó a tu hermana para criarla. Yo me ofrecí para cuidarte. Vivirás en nuestra casa con mis hijas y su abuela.

Andrés trató en vano de contener sus lágrimas. Años después, cuando Laura recordara este día, se preguntaría por qué su madre había sido tan contundente. Se daría cuenta entonces de la naturaleza dura de su madre, una mujer pobre acostumbrada a decir lo que pensaba, sin contemplaciones. Angélica creía que era mejor quitar las vendas rápidamente.

La niña, nerviosa, dio un par de pasos cuidadosos para acercarse más a Andrés, pero su compasión por él triunfó sobre su miedo, y ella acarició cuidadosamente, con sus deditos helados, el brazo sano de su primo.

— Andrés, no llores — dijo tratando de contener las lágrimas. — La vamos a pasar bien. Serás mi hermano. Vamos, no llores. Oí a mi papá decir que los hombres no lloran. Verás cómo nos vamos a divertir.

Cuando terminó de decir esto, la niña apartó la mirada y se secó una lágrima con su dedo índice. Su madre los miraba con ojos tristes mientras contemplaba las dificultades que la aguardaban. Apenas tenía comida suficiente para alimentar a sus hijas. La Segunda Guerra Mundial no había terminado todavía, y solo la recuperación posbélica sacaría a su familia de la pobreza extrema de aquellos días.

Angélica cosía día y noche para darles de comer a sus hijas y a la abuela de las niñas, la madre de Angélica. Su marido trabajaba en su ferretería mal gobernada, y la mitad del dinero que ganaba se lo enviaba a tres hijos de su primer matrimonio.

Después de cuestionar a Andrés durante unos minutos y no conseguir las respuestas que buscaba, Angélica fue a hablar con una enfermera, dejando a Laura a solas con su primo. Momentos después, ella regresó.

—Volveremos otro día, Andrés —dijo la madre de la niña. —Laura, despídete de tu primo. Tenemos que irnos.

—Adiós, Andrés —dijo Laura besando el brazo sano de su primo. Angélica le acarició la cabeza vendada antes de irse, y él miró como se alejaban con los ojos llenos de lágrimas.

El primo Andrés

Madre e hija regresaron al hospital tres semanas después, cuando a Andrés le dieron el alta. Angélica le había hecho un par de pantalones negros y una camisa blanca para el día que saliera del hospital. El propietario de la casa de campo, donde los padres de Andrés habían vivido durante años, hizo que uno de sus empleados la vaciara, y le había donado su contenido a una iglesia.

Nadie sabía esto hasta después que un miembro de la familia regresó a la casa por la ropa de los niños y la encontró vacía. Mientras Andrés caminaba con pocas ganas junto a Laura, en dirección a la parada de autobús, ella pudo observarlo mejor. Era un muchacho de color rojizo con el pelo rojizo, piel rojiza, con pecas, y ojos azules. Era mucho más alto y delgado que Laura.

Cuando estaban esperando el autobús, Angélica le explicó a Andrés:

—Nuestra casa es muy pequeña, y las niñas duermen en un colchón en el suelo. He comprado otro colchón pequeño para ti. Y recuerda, no puedes salir solo como cuando vivías en el campo. Vivimos en la ciudad. Es peligroso vagar por las calles. El lunes, te voy a apuntar en la escuela.

Él se mantuvo en silencio. Entraron en el autobús, y tomó un asiento al lado de la ventana. Cuando el autobús empezó a moverse, sus ojos azules parecían perdidos más allá de las palmeras que de vez en cuando se veían, de la gente caminando en las aceras, algunos con sus perros, de la mujer que se protegía del sol con una sombrilla blanca, y de las hermosas casas de estilo colonial donde los ricos vivían, tan fuera de alcance para la familia de Laura.

El primo Andrés

Después que el autobús dejó a la familia en la parada más cercana a la casa de Angélica, Andrés notó un grupo de muchachos sin camisa jugando con pelotas hechas en casa. Angélica nerviosamente colocó sus brazos alrededor de su hija y su sobrino, y les dirigió a los muchachos una mirada arrogante. Andrés se encogió de hombros al darse cuenta que Angélica no lo dejaría jugar con ellos.

Mientras más caminaban Angélica, Laura, y Andrés, más pobre resultaba la zona. Finalmente, llegaron a un solar donde las familias más necesitadas vivían en una hilera de cuartos en mal estado. Acostumbrado a su casa del campo, la insatisfacción de Andrés apareció inmediatamente en sus ojos y en sus pasos cansados.

Se detuvieron frente a una puerta sucia, y después que Angélica colocara la llave en el ojo de la cerradura, entraron en su modesta morada, la cual se encontraba en una de las secciones más pobres de El Cerro, uno de los barrios de La Habana.

La abuela de Laura, una mujer de setenta años de edad, arrugada y con el pelo fino y blanco, atado en un rabo de mula, le dio la bienvenida a Andrés. Ella lo abrazó, lo llevó al espacio utilizado como cocina, a pocos pasos de la puerta principal, y le ofreció un trozo de pan que le había guardado. Ese sería su almuerzo para ese día. Laura se entristeció al ver la desesperación de Andrés cuando comía el pan, y se preguntó sobre sus propios padres. ¿Qué pasaría si se murieran? ¿Quién cuidaría de ella?

La niña le dijo a su primo al oído:

—No te preocupes. Voy a darte un pedazo de chocolate que tengo escondido y una pelota que encontré en el parque.

—¡Laura le está diciendo a Andrés que le va a dar un pedazo de chocolate! —dijo Berta, la hermanita de Laura. Ella tenía sólo cuatro años, con el pelo grueso, largo y negro y un cuerpecito tan delgado, que era prácticamente solo ojos y pelo. Laura tenía resentimientos con su hermana, pensando que sus padres utilizaban las enfermedades frecuentes de Berta como pretexto para darle toda la atención.

Angélica agarró el brazo de Laura y la sacudió.

—¿Dónde está el chocolate? Dime —le preguntó.

Angélica rara vez podía permitirse el lujo de comprar chocolate, y cuando lo hacía, tenía que esconderlo de Laura, ya que apenas podía resistir la tentación. Angélica lo utilizaba para darle sabor a la leche de la familia los fines de semana, una desviación de la rutina de lunes a viernes, cuando tomaban café con leche. Laura no respondió. Andrés ni siquiera había estado en la casa un día entero, y Laura ya se había ganado una zurra. En esos momentos, el castigo fue inmediato, y sin contemplación de ninguna clase.

—¡Dame el chocolate, Laura! —exigió a su madre; ella la miró sin responder y la paliza siguió.

Era el año 1945. La escasez reinaba en el vecindario. Aunque Laura no se había dado cuenta entonces, tomar algo que pertenecía a su familia era imperdonable.

Angélica no permitió que Laura jugara durante dos días, y a diferencia de otras veces en las que la niña trataba de defenderse, en esta ocasión aceptó el castigo en silencio. Una vez que éste terminó, volvió a tratar de averiguar cómo Andrés se había accidentado. Al principio, cuando ella le preguntaba, él se encogía de hombros. Ella no insistía inmediatamente, pero volvía a preguntarle lo mismo uno o dos días después.

Un día, cuando ella y su primo jugaban, le preguntó nuevamente:

—Me caí de un árbol de almendra y me rompí algunos huesos —dijo. —También me di un golpe en la cabeza, y los médicos me dijeron que se me habían olvidado algunas cosas.

—¿Por qué estabas encaramado arriba de un árbol? —Preguntó Laura.

—No me acuerdo —dijo.

No sería hasta varios días después que ella conocería los hechos que causaron el accidente de su primo. A altas horas de la noche, cuando su madre pensó que todos dormían, Angélica le contó la historia a su esposo. El padre de Andrés había muerto de una enfermedad extraña que atacó a su cerebro. Unos meses más tarde, la madre de Andrés murió a causa de una infección provocada por una extracción dental. El niño machucaba almendras con rocas debajo de un árbol, cuando un pariente vino a informarle de su fallecimiento.

—¡Estás mintiendo! —gritó.

Luego corrió lo más rápido que pudo, más allá de su casa y en dirección al río. Su hermana, que era dos años mayor que él, fue tras él y le pidió que se detuviera, pero no la escuchó. Cuando llegó cerca de la orilla del río, se subió al árbol más alto y lo ascendió, mientras las ramas arañaban su cuerpo. Finalmente llegó a la parte superior y se sujetó firmemente, pero sus lágrimas le nublaron la visión. Momentos más tarde, cuando trató de secarse los ojos con una mano, perdió su balance, cayendo al suelo. Un pariente lo había llevado al hospital.

Desde esa noche, la determinación de Laura para lograr que su primo se sintiera bien creció, pero la llegada de Andrés a la familia parecía desatar las peores cualidades de la niña, dificultando la relación entre su madre y ella. A veces, durante la cena, Laura tomaba un pedazo de su pan y lo escondía debajo de su ropa, con la intención de dárselo a Andrés más tarde. Su madre la sorprendió un día.

—¿Qué estás ocultando? —Angélica le gritó.

La niña la miró e hizo un gesto de negación con la cabeza.

—Come tu comida—le ordenó su madre, pero Laurita pensaba que Andrés la necesitaba más, ya que era más alto. Ella sacudió la cabeza de nuevo, renuente a cumplir con las instrucciones de su madre, y otra zurra siguió.

Andrés y Angélica discutían con frecuencia.

—Lávalo los platos. ¡Haz la tarea!—le ordenaba Angélica.

—¡No!—respondía Andrés.

Angélica había hecho todo lo posible para demostrar que ella estaba dispuesta a confiar en él, pero cada vez que le daba una tarea que requiriera un cierto nivel de responsabilidad, quedaba decepcionada.

El primo Andrés

En una ocasión, ella le pidió que llevara a Laura y a su hermana al cine, pero a mitad de la película, él se aburrió y se fue. Al terminar el filme, los empleados del cine no encontraron a alguien que se hiciera responsable por ellas, y llamaron a la policía. Entonces, dos oficiales las llevaron a su casa.

Andrés iba y venía a su antojo, haciendo que Angélica se arrepintiera de haberse ofrecido a criarlo.

Para el séptimo cumpleaños de Laura, Andrés trajo a casa un perrito blanco, que se había encontrado en la calle, peludo y de orejas puntiagudas. Él y Laura lo llamaron Bobby. Después que lo bañaron tres veces en un fregadero y le secaran el pelo con un trapo viejo, Bobby corrió y olió cada esquina para familiarizarse con su nuevo entorno. Luego que su pelo se secó, se parecía a los perritos que las mujeres ricas cargaban cuando paseaban por el parque.

Cuando Angélica lo vio por primera vez, colocó sus brazos sobre su cabeza para transmitir su desaprobación. ¿Cómo podría permitirse el lujo de quedarse con el perrito, cuando su familia apenas tenía suficiente para comer? Pero le daba lástima con el pequeño animal y compartió las sobras con él, tratando de no encariñarse demasiado. La forma en que Bobby le lamia las manos cuando le daban de comer, la forma en que hacía círculos alrededor de ella cuando regresaba de la casa de un cliente, la manera en que sus ojitos castaños la miraban cuando cosía hasta muy tarde, estos momentos, y muchos otros gestos que reafirmaron su devoción a ella crearon un vínculo indestructible entre Angélica y Bobby.

El primo Andrés

Andrés bañaba a Bobby al principio, pero una vez que la novedad de la nueva mascota desapareció, ya no quería hacerlo, sin importar cuántas veces Angélica se lo pedía. Ella podría haber asignado una parte del trabajo a Laura, pero Angélica pensaba que su hija era demasiado pequeña y asumió todo el cuidado de Bobby ella misma.

Angélica sonreía cuando Bobby se le encaramaba encima y agitaba su colita, o cuando le lamía la cara, agradecido por su cuidado, o las muchas veces que se quedaba dormido a sus pies. Estos momentos le proporcionaban un escape y parecían aliviar sus preocupaciones diarias. Bobby estaba siempre allí para ella, en las noches que su marido no volvía a casa después del trabajo, y ella se acostaba en su colchón sola y miraba al techo; o cuando las niñas se iban a la escuela y ella se sentaba al frente de la máquina de coser. Entonces Bobby, como si se diera cuenta de la importancia de su trabajo, se acostaba en silencio cerca de sus pies.

Angélica había tratado de hacer la transición de Andrés a su familia lo más suave posible usando diferentes tácticas, de bondad a tenacidad, pero nada parecía funcionar. Mantenía su distancia, como si estuviese en su propia dimensión, sin interés en la vida familiar y, a menudo, perdido en sus pensamientos. A través de amenazas, Angélica lo obligaba a completar su tarea, pero lo hacía de mala gana, a veces escribiendo respuestas incorrectas a propósito.

Andrés aún conservaba la pelota que Laura le había regalado y jugaba con ella a menudo, tirándola de una mano a la otra, o hacia arriba y recogiéndola con la misma mano, mientras permanecía inexpresivo, como si nada en el mundo le diera placer. Sólo Laura parecía llegar a él, con sus interminables preguntas y muestras de afecto, pero las respuestas a sus preguntas eran cortas y monótonas. El paso del tiempo no hizo nada para calmar su desesperación; sino aumentó su determinación de hacer lo que quería y permanecer desconectado de su nueva familia y de Bobby.

Una mañana, Angélica le pidió a Andrés que jugara con Laura mientras ella terminaba de cocinar. El padre de Laura estaba en el hospital con Berta, quien necesitaba hacerse unas pruebas de sangre. Aburrido de estar en el interior de la casa, Andrés extrañaba el juego con otros niños. Para evitar alertar a Angélica, quien en ese momento estaba cortando unas cebollas, Andrés salió a escondidas de la vivienda sin cerrar totalmente la puerta. Bobby lo siguió, y Laura corrió detrás de Bobby.

Cuando Angélica notó la puerta abierta y que Andrés, Bobby y Laura faltaban, se precipitó afuera.

Bobby corrió por las calles seguido de Laura, quien entonces tenía ocho años de edad, y ella lo llamaba por su nombre una y otra vez. El cachorro se detenía brevemente para mirarla y salía corriendo. Esta rutina continuó durante un tiempo, hasta que dejaron atrás el barrio de Laura y entraron hacia las vías del ferrocarril.

Laura escuchó el ruido del tren con su motor a vapor que se acercaba, el sonido de metal contra metal, su silbido, pero siguió corriendo tras Bobby. Las orejas peludas de éste se agitaban mientras corría. A medida que el tren se acercaba, su sonido se hacía más fuerte.

El rabo de mula de Laurita se balanceaba de un lado al otro, y la blusa color rosada se había pegado a su espalda sudorosa mientras corría. Ella no vio el tren que se aproximaba. Sus ojos se centraron en Bobby, en su cuerpecito blanco, y en sus orejitas. Bobby se detuvo a la extrema derecha de la niña en una línea diagonal donde estaba, pero en el otro lado del ferrocarril. Sacaba la lengua mientras respiraba fuertemente, esperando el próximo movimiento de la niña y como si le estuviese preguntando con sus ojitos:

—Bueno, ¿vienes?

Las líneas del ferrocarril estaban ahora a sólo unos pies de distancia. El motor hacia un sonido ensordecedor. Todo pasó rápidamente, el ruido de los frenos chirriantes, los gritos de las personas que la vieron.

Laurita ahora veía el tren, pero estaba segura que podía llegar hasta el otro lado para rescatar a Bobby. Si pudiera correr más rápido. Ella estaba sin aliento, el sudor rodando por el lado de sus mejillas rojas. ¡Sí, si se apuraba, podía cruzar! Entonces, en el último momento, se dio cuenta de que el tren estaba demasiado cerca y de repente se detuvo, justamente en frente de este. Su pequeño corazón latía con fuerza. Podía sentir el viento que el tren creaba al pasar en sus gorditas mejillas enrojecidas. El humo y el polvo que levantaba el tren la hicieron toser, mientras trataba de buscar a Bobby entre cada vagón. Gritó su nombre y no lo oyó ladrar. Los vagones seguían moviéndose frente a ella, uno tras otro, mientras sus ojos ansiosos buscaban a Bobby.

Angélica, quien había estado buscando desesperadamente a su hija, la encontró al lado de la línea del ferrocarril. Vio el tren que se aproximaba y gritó su nombre. Después, temblorosa y dándose cuenta de que estaba demasiado lejos para ayudarla, cerró los ojos y se tapó la cara con las manos, anticipando lo peor. Momentos más tarde, cuando el tren pasó, Angélica abrió los ojos y frenéticamente buscó a su hija. No podía verla, pues para entonces ella ya había cruzado al otro lado en busca de Bobby.

Angélica se horrorizó y gritó su nombre una y otra vez. Los vecinos se habían conglomerado a su alrededor y trataban de calmarla, mientras ella se tocaba el pecho con la mano, mientras las emociones rodaban por su rostro. Muchos trataron de asegurarle que su hija estaba bien. Ella se negó a escucharlos, sus ojos fijos en la línea del ferrocarril, donde había visto a la niña por última vez. Frente a la imposibilidad de verla, cayó de rodillas y comenzó a sollozar.

Mientras tanto, en el otro lado del ferrocarril, Laurita buscó a Bobby, y al no encontrarlo, regresó con la cabeza baja. Fue entonces cuando, antes de cruzar las líneas, comprendió todo. También vio a su madre de rodillas, consolada por los vecinos, con la cara apretada entre sus manos. La niña comenzó a caminar hacia su madre. Angélica levantó la cabeza, vio a su hija, y corrió hacia ella. La abrazó sin darse cuenta de lo mucho que Laurita temblaba.

—¡Qué susto has dado! —dijo Angélica, haciendo una pausa para mirar a su hija y examinar su carita, sus brazos y piernas, cerciorándose que no estuviera lastimada y entonces le preguntó: —¿Dónde está Bobby?

Laurita se quedó en silencio, y se echó a llorar.

—Está muerto—, dijo la niña con la voz quebrada.

—¡Pero no, no! No puede ser—, dijo Angélica. Comenzó a llorar como si hubiera perdido a un hijo, y Laurita lloró con ella.

Más tarde esa noche, cuando el padre de Laurita llegó a casa, todos estaban en silencio, Angélica ocupada con su costura, la abuela planchando ropa, y Laurita, Berta, y Andrés jugando con una pelota. Angélica se acercó a su marido, le dio un beso en la mejilla y le susurró algo al oído. Este levantó los ojos y miró en la dirección de Andrés, con una mirada de enojo, con sus fosas nasales dilatadas.

Cuando Laurita vio a su padre levantar el brazo, corrió delante de su primo para defenderlo, pero su padre la quitó de su camino. Laurita bajó los ojos al oír las súplicas de su primo, y escuchó el cinto golpeándole las piernas y las nalgas. Podía imaginarse sus profundos ojos azules llenos de lágrimas, su rostro volviéndose aún más rojo.

Después, Andrés se sentó en silencio en una esquina mirando hacia la pared, y Laurita a su lado viendo como secaba sus lágrimas. El niño trató de resistir, pero una tristeza abrumadora lo llenaba.

Al día siguiente, cuando Laurita se despertó, Andrés se había ido de la casa. Se fue de repente, de la misma manera que llegó a su vida, y años pasarían antes de que lo volviera a ver.

Los cupones de pizza

Como era su ritual antes del desayuno, Silvia Hernández encendió su radio Motorola. Tomó unos segundos para que los viejos tubos transistores sintonizaran con la frecuencia deseada, pero después de un fuerte chillido, la voz del comentarista reverberó: — Aquí Radio Rebelde, desde La Habana, Cuba, territorio libre de América.

Silvia sacó un pedazo de pan viejo de la parrilla de atrás de su refrigerador de treintaicinco años. Lo colocaba allí para mantenerlo tostado; de lo contrario, se volvía demasiado duro para comer. Puso el pan en la meseta de la cocina y siguió escuchando:

—La revolución, sigue en su lucha para no doblegarse ante el imperialismo norteamericano, y como premio ha distribuido cupones a los Comités de Defensa de la Revolución (CDR) en cada cuadra. Los cupones, los cuales proporcionarán al portador el derecho de comprar una pizza personal en pizzerías locales, serán distribuidos por los CDR a los compañeros destacados en el trabajo voluntario, en apoyo de la causa revolucionaria.

Silvia observó su cupón sobre la meseta de la cocina, y se imaginó una deliciosa pizza recién horneada. Podía oler el queso derretido y la sabrosa salsa. Pronto, ella tendría la oportunidad de comerse una.

Tras la caída del comunismo en la Unión Soviética, Cuba estaba a la deriva, como un niño huérfano vagando por las calles solo. Ahora, el Período Especial, el nombre que el gobierno le había dado a la etapa posterior a este colapso, mostraba sus colores más vibrantes: estantes vacíos en las bodegas por la escasez de todo tipo de productos, y el creciente descontento de la población.

Silvia lavó una taza de café, la colocó boca abajo sobre el fregadero, y alcanzó los pomos de aceite y sal, mientras que el locutor de radio, en la emisora controlada por el gobierno, hablaba de los tiempos difíciles que se avecinaban. Exhortaba a la población, en nombre de su líder, a mantener paciencia y dedicación con la causa del socialismo.

Un ruido interrumpió la voz del comentarista. Silvia se acercó a la radio y trató de sintonizarlo sin éxito.

—Estática —dijo y lo apagó.

Le echó un poquito de aceite y sal a su pan, se sirvió un vaso de agua, y se sentó en un sillón verde al lado de su balcón deteriorado y sin pintura, en el segundo piso. Eran las siete. La calle Zapote, poblada de casas coloniales despintadas y en mal estado, estaba casi desierta, a excepción de algunos autos que pasaban con poca frecuencia y una anciana que caminaba junto a su perro desnutrido, por la acera rota.

Después de comer el pan, leyó un libro que perteneció a su marido. La expansión territorial de los Estados Unidos no era un tema que le interesara particularmente, pero extrañaba a su esposo. Cuando leía sus libros y acariciaba las páginas amarillas que él solía tocar, se sentía más cerca de él.

Alrededor de las once, Silvia salió de su apartamento vestida con una blusa blanca, sin mangas, y pantalones blancos de algodón, ambos productos de su costura. Una sola luz amarillenta iluminaba el largo pasillo en frente de ella. Se ajustó sus espejuelos, caminó unos pasos, y tocó a la puerta sucia del apartamento vecino. Marta, su amiga, salió con rolos en la cabeza y le dio la bienvenida y un beso en la mejilla.

—¡Adelante!—dijo Marta, quitándose del paso para que su amiga entrara—. ¿Quieres café?

—No, gracias —dijo Silvia siguiéndola.

Marta era una mujer corpulenta, de sesenta y cuatro años de edad, la misma edad que Silvia, pero ésta pesaba cincuenta libras menos. Marta tenía arrugas, menos marcadas que las de su amiga.

—Tenemos que apurarnos —dijo Marta.

—Tienes razón. Ya sabes cómo son las colas para cualquier cosa, y por pizza, ni se diga. ¿Te falta mucho? —preguntó Silvia.

—Estaré lista en un minuto. Quedas en tu casa. Ahora regreso.

Los cupones de pizza

Silvia se sentó en un sofá azul, mientras Marta se apresuraba hacia la parte trasera de su apartamento gritando:

—Date prisa, José. Silvia está esperándonos.

Silvia miró a su alrededor, aburrida. El apartamento olía a café recién colado. Podía ver la mayor parte de la unidad desde donde estaba sentada. El pequeño comedor contenía una mesa de madera cuadrada y cuatro sillas metálicas cubiertas de vinil roto. Las paredes azules, con secciones descascaradas de color verde, tenían una docena de fotografías en blanco y negro, todas de Marta y su familia, a excepción de dos. Silvia se centró en la primera. La había visto muchas veces antes, pero siempre se preguntaba por qué Marta todavía la tenía. Era una foto de Fidel Castro, treinta años antes, con un cabello negro y grueso, y una barba oscura e impactante. La foto estaba al lado de otra con Jesucristo. Silvia sacudió la cabeza. Su reacción, al observar estas fotos tan cerca una de otra, había cambiado con el tiempo, especialmente en el último año. Ahí están otra vez, pensó, el diablo y Jesucristo. Pero Silvia no quería juzgar.

Marta era una buena amiga, independientemente de su ideología política. A diferencia de Silvia, quien no creía en la revolución, Marta se ofrecía para hacer trabajo voluntario, una producción sin costo del gobierno, cuyo objetivo real era distraer la atención, ante los crecientes problemas económicos. Silvia desconfiaba del gobierno y trabajaba de voluntaria, no porque creyese en el sistema, sino con el fin de sobrevivir dentro de éste. No quería ser un sombrero blanco en una gaveta llena de rojos, aún si algunos de los rojos eran en realidad blancos por dentro.

Silvia escuchó un ruido en la parte trasera de la vivienda y casi inmediatamente, Marta y su marido José, aparecieron; Marta con una cartera negra bajo el brazo, y José peinándose su cabellera blanca.

—Siempre estás apurada —se quejó José colocando su peine encima de la mesa del comedor.

—Tenemos que llegar temprano. Mientras más pronto lleguemos, más rápido nos podremos comer la pizza —dijo Marta.

Silvia se levantó de su asiento y le dio los buenos días a José. Este le respondió con un beso en la mejilla y una amplia sonrisa:

—Buenos días, señorita. Se ve usted espléndidamente.

Silvia se puso las manos en la cintura y le ripostó:

—No estoy para bromas hoy, José. Estoy demasiado vieja para eso.

Marta sonrió, levantó el peine de la mesa y lo colocó en su bolso. Después de años diciéndole a su marido que mantuviese la casa ordenada sin lograrlo, se había acostumbrado a recoger detrás de él, todo lo que dejaba a su paso. José sacudió la cabeza y se rascó el bigote blanco.

—Silvia, Silvia. ¿Qué es ser viejo, sino un estado de ánimo? —le replicó.

—Déjate de filosofías y abre la puerta, mi viejito —dijo Marta, mientras le daba palmaditas a su marido en el hombro y adicionaba: —Vamos, es hora de irnos.

Él hizo un gesto negativo con la cabeza y miró hacia el techo.

Después de salir del apartamento, los tres caminaron por el estrecho pasillo que conducía a las escaleras, Marta al frente.

—Ya puedo oler esa pizza —dijo Marta. —¿Sabes cuánto tiempo ha pasado desde la última vez que me comí una? ¡Más de un año!

—Yo también —dijo Silvia.

—¿Qué quieren, señoras? ¡Es el queso! —dijo José levantando su dedo índice en el aire. —¿Recuerdas aquellos tiempos Marta, cuando Cuba todavía compraba queso de Bulgaria y Rusia, a precios más bajos que el mercado internacional, y comíamos pizza cada un par de meses? ¡Esos, si eran buenos tiempos!

—Y sin un cupón —añadió Marta.

Cuando llegaron al final del pasillo comenzaron a descender las escaleras lentamente. A mitad del camino, José bostezó, estiró los brazos y dijo:

—Sí, esos eran los buenos tiempos. Pero estoy seguro que esta situación es temporal. Las cosas no pueden quedarse como están por mucho tiempo.

Su voz resonaba entre las paredes de la escalera.

Silvia rodó sus ojos y respondió:

—Sí, por supuesto, «muy temporal». ¿Qué opinas de eso, Marta?

Marta estaba cerca de la base de las escaleras cuando se viró para contestar. Colocó el pie donde no debía, perdió el balance y empezó a caerse como en cámara lenta. José no pudo reaccionar lo suficientemente rápido, y el cuerpo de su esposa cayó de lado en la zona plana, al final de las escaleras.

—¡Oh, no! —gritó Silvia, poniéndose una mano en el pecho. —Ay José chico, date prisa y ayúdala.

La cara de Marta se tensó por el dolor. Se frotó la rodilla, mientras que las lágrimas corrían por sus mejillas.

—Mi rodilla. Me duele mucho. Creo que está rota.

José se arrodilló en el suelo de granito, al lado de su esposa, y le acarició el hombro.

—Mi amor, lo siento.

Silvia estaba cerca de ellos, sus manos enmarcaban su asombrado rostro: —Déjame pensar.

Se rascó la cabeza. Después de unos segundos, sus ojos se iluminaron: —Ya sé. Regresaré a mi apartamento, buscaré una duralgina para el dolor y un par de muletas. José, tienes que llevarla al hospital de inmediato.

—¿Tú ves? Ahora no me voy a poder comer mi pizza —se quejó Marta secándose las lágrimas de sus regordetas mejillas.

—No te preocupes —dijo Silvia—. Voy a reservarles un lugar en la cola.

—Ustedes dos, déjense de hablar tanto de la maldita pizza. Si no podemos comerla, pues ¡al carajo! Tal vez si no hubiéramos hecho tanto alboroto...

Él hizo un gesto negativo con la cabeza y se rascó el bigote.

—Olvida lo que dije. Silvia, por favor trae las muletas.

Los cupones de pizza

Silvia le dio una mirada de reproche antes de marcharse. Momentos más tarde, cuando regresó, José acariciaba la espalda de su esposa.

—Me duele —dijo Marta mientras que se aferraba a la pared.

José besó su frente y la ayudó a ponerse más cómoda.

—Mi amorcito. No me gusta verte con tanto dolor. Lo siento mucho.

Marta hizo una mueca y se frotó la rodilla carnosa.

—¡Ay José! De verdad que quiero un pedazo de pizza. ¿Puedes dejar que Silvia nos reserve el puesto? ¡Por favor!

José lo pensó. Desde la caída de la Unión Soviética, frecuentemente, él y Marta cenaban un trozo de pan con sal y aceite. Finalmente cedió, lo que provocó que su esposa sonriera a pesar del dolor.

José y Marta se despidieron de su amiga y caminaron hacia la parada del autobús.

Mientras, Silvia se dirigió hacia la Pizzería Sorrento, situada cerca de la Calzada de Diez de Octubre. En su bolso de vinil negro, tenía el cupón que le daba el derecho a comprar una pizza pequeña por un peso y veinticinco centavos.

En la esquina de las calles Zapote y Serrano, Silvia vio a dos niños machucando almendras con rocas, bajo la sombra de un árbol frondoso, y pensó en sus hijos. También observó las casas deterioradas del barrio, muchas de estilo colonial. Las frecuentes inundaciones habían dejado sus paredes manchadas de moho.

Los cupones de pizza

Luego de caminar tres cuadras, vio a un grupo de personas.

—¿Es esta la cola de la pizza? —le preguntó a una joven pareja; el hombre, de alrededor de veinte años, sin camisa, de pelo largo y castaño; ella, una chica atractiva, de pelo negro. Sylvia supuso que no tendría más de dieciocho años. Ella traía un par de pantalones tan cortos, que con cualquier inclinación de su cuerpo, enseñaba la parte inferior de sus nalgas bien desarrolladas.

La muchacha miró a Silvia y le sonrió.

—Sí, esta es la fila—dijo en un tono amistoso mientras que el sol de la mañana hacía brillar su cabello.

—¿Cuál es tu nombre? —preguntó Silvia.

—Elisa.

—Bonito nombre.

Elisa sonrió, mientras Silvia seguía con sus preguntas:

—¿Has estado esperando mucho?

—Pocos minutos, pero a juzgar por donde estamos, vamos a estar aquí un largo tiempo.

—Sí, «El Período Especial», señora—declaró con sarcasmo el hombre de aspecto bohemio: —Tenemos que agradecérselo a los rusos, y por supuesto, a nuestro querido Comandante en Jefe, Fidel Castro.

El muchacho tenía la piel bronceada y un diente roto. El largo de su pelo y la pequeña cruz tatuada en su espalda hicieron que Silvia concluyera, que era uno de esos jóvenes, a quienes los revolucionarios etiquetaban como «elementos antisociales».

Sorprendida de verlo en la línea, pero a la vez temiendo ser ofensiva, Silvia le preguntó al joven:

Los cupones de pizza

—¿Y ambos recibieron sus cupones del CDR?

—Yo sí —dijo Elisa con orgullo. —Hice trabajo voluntario todas las semanas.

El joven se tocó el pecho con la punta de los dedos y, acercándose a Silvia, le preguntó:

—Señora, honestamente, ¿parezco el tipo de persona que recibiría un cupón del CDR?

Silvia sonrió.

—Francamente, no, no parece. Entonces, ¿no tiene uno?

El joven se acercó a Silvia aún más, y le dijo al oído:

—Sí, lo tengo, pero se lo compré a un amigo de un amigo, de uno de nuestros compañeros revolucionarios. ¡Quince pesos pagué por él!

Silvia sacudió la cabeza, mientras Elisa se cruzó de brazos y se quedó mirando a su novio con enojo.

—Por favor, Carlos, no seas así. Debemos estar agradecidos que el gobierno le ofrezca estos cupones a los que ayudan a la revolución. ¿Sabes cuántas personas en el mundo se están muriendo de hambre?

—¿Quiénes? ¿Nosotros? —respondió el muchacho, girando ligeramente la cabeza hacia ella.

Silvia estaba de acuerdo con él, pero se tapó la boca para ocultar su diversión. Elisa lo empujó con rabia.

—¡No puedo soportarte a veces!

Silvia les sonrió y les confesó:

—Ustedes dos me recuerdan tanto de cuando yo era una jovencita. Mi esposo, Octavio, y yo siempre estábamos en lados opuestos cuando se trataba de política, excepto al final.

Los cupones de pizza

Silvia respiró profundamente y luego exhaló despacio. Pensó en Octavio, cuarenta años antes, en la escalinata de la Universidad de La Habana donde se conocieron. Recordó la forma en que él le besó la mano y le dijo lo hermosa que era. Y de verdad que lo había sido, con su ondulado cabello castaño cayendo en cascadas sobre sus hombros, mientras subía los escalones de la universidad.

Elisa miró a Silvia con una expresión de preocupación.

—¿Cuando murió él? —le preguntó.

—Hace tres meses, un ataque al corazón. Ahora, sólo quedo yo.

—¿No tiene hijos? —preguntó Elisa.

Silvia no respondió inmediatamente. Estaba distraída mirando a una pareja con dos niñas pequeñas, todos de cabello oscuro, cruzando la calle con pizzas dobladas en plato de cartón blanco. Luego sus ojos se quedaron perdidos en la distancia, más allá de un alto árbol de flamboyán con flores de color naranja en plena floración. Por último, recordó la pregunta de Elisa y respiró hondo.

—Dos varones. Salieron de Cuba en una balsa.

—Lo siento, señora— respondió Elisa.

—Coño, al que le hubiera gustado salir en una balsa es a mí —dijo su novio.

Elisa se quedó mirándolo con una expresión seria y le susurró:

—¿Estás loco? ¿Nos quieres meter en un lío? ¡Cállate la boca! Vas a ir a la cárcel por hablar así.

Los cupones de pizza

Ella se mordió las uñas nerviosamente y sacudió la cabeza. Mientras tanto, un señor como de sesenta años llegó a la línea y se colocó detrás de Silvia. Éste, quien llevaba una camiseta sin mangas con la cual enseñaba sus brazos arrugados, le preguntó a Silvia:

—¿Es ésta la cola de la pizza?

—Sí —respondió Silvia—. Y por cierto compañero, le estoy guardando un lugar a mi amiga, Marta, y a su marido.

El hombre se encogió de hombros.

—Está bien.

Silvia continuó hablando con la pareja frente a ella durante un tiempo. Les preguntó dónde vivían, si tenían hermanos y hermanas, cualquier cosa, para hacer que el tiempo pasara. También trató de conversar con el hombre detrás de ella un par de veces, pero él no parecía interesado. Ella le hizo varias preguntas como «¿vive lejos?» o comentarios como «el día está caluroso hoy», pero éste se encogió de hombros, le dio respuestas cortas, o simplemente la ignoró. Decidió no insistir y continuó hablando con la pareja.

A medida que avanzaba el día, la temperatura se iba elevando. Silvia consultó su reloj varias veces, mientras se protegía del sol con un paraguas blanco, que le envió uno de sus primos residentes en Miami.

La segunda vez que le recordó al viejo detrás de ella sobre Marta y su marido, se dio cuenta de su creciente frustración, por la forma en que viró sus ojos hacia otro lado y sacudió la cabeza sin responder. Detrás de este, la línea había crecido tanto, que Silvia no podía ver dónde terminaba. Las personas en la cola estaban cubiertas de sudor, haciendo brillar sus pieles; sus cabellos parecían mojados en algunas partes. La blusa blanca de Silvia se le pegaba a la espalda, y ella había bebido toda el agua de la botella plástica que traía en su bolso. Sus piernas le dolían y su energía se evaporaba. Se frotó las mejillas, se ajustó las gafas, y echó su pelo tras las orejas, a medida que gotas de sudor caían por su cuello. Detrás de ella, la gente de la cola se impacientaba y alguien gritó:

—¿Coño chico, y esta fila cuando se va a mover?

Otros preguntaron lo mismo con impaciencia.

Cuando Silvia volvió a consultar su reloj de nuevo, eran casi las dos, por lo que le recordó al hombre detrás de ella:

—Mis amigos deben estar aquí en cualquier momento.

Éste contrajo las cejas y gesticuló con las manos:

—Oye chica, cuando lleguen tus amigos tendrán que irse al final de la cola—gritó el hombre, mientras su cara enrojecía—. Tengo un hambre del carajo, y estoy cansado de estar aquí parado. ¡Así que olvídalo!

—Por favor compañero, sea considerado. Mi pobre amiga se rompió la pierna. ¿No puede tener un poquito de compasión?—dijo Sylvia girando sus manos, palmas hacia arriba, los dedos estirados hacia él.

La joven pareja en frente de ella, quienes habían estado coqueteando uno con el otro, dejaron lo que hacían y enfrentaron al hombre.

—¿Por qué tiene que ser así con la pobre señora? —Elisa preguntó.

Sin esperar respuesta, Elisa miró a Silvia y añadió:

—Sus amigos pueden ponerse delante de nosotros cuando lleguen.

—Gracias. Es usted muy amable, señorita.

El viejo se quedó mirando a Silvia con rabia. Dio la vuelta, y buscando apoyo público en la larga cola que cubría la mayor parte de la acera, y que se extendía más allá del alcance de sus ojos, le gritó a la multitud:

—¿Pueden creer que esta mujer quiere guardar un lugar para sus amigos? Y quién sabe cuántos amigos va a traer. —La última frase la dijo agitando sus brazos en el aire.

—¡No! Olvídalo—gritaron varias personas.

—¡Al final de la cola! —exclamó otro hombre.

Silvia sacudió la cabeza. En los últimos meses, cuando se sentía tan sola y desamparada como en aquel momento, hablaba con su marido en silencio y le decía lo mucho que lo extrañaba.

Pensó regresar a casa, pero cuando vio la gente que pasaba con sus pizzas y comparó esa opción con el pedazo de pan viejo, que comería en caso contrario, decidió quedarse. Además, necesitaba algo más sustancial, pues había perdido más de veinte libras desde la muerte de su marido.

El gentío en la cola continuó gritando. Ella bajó la mirada y cerró los ojos hasta que el bullicio se desvaneció. Sólo quedó la tensión en el rostro de la gente.

Silvia examinó las casas cerca de la pizzería. Vio a varias personas sentadas en sus portales echándose fresco o mirando a la multitud, y llegó a la conclusión de que aquellos ya habían comido sus pizzas. Entonces volvió su mirada hacia el hombre detrás de ella quien, en ese momento, parecía distraído observando a la gente reunida en la calle.

—Oiga, mire —le dijo—. Sólo voy a caminar unos pasos a aquella casa para pedir un vaso de agua. También necesito ir al baño. Regreso pronto, ¿está bien?

—Me da igual —masculló el hombre, sin mirarla apenas.

—Muchas gracias —respondió Silvia.

Luego, volviéndose hacia Elisa, añadió:

—Regreso pronto.

—Si señora. Le guardo su lugar.

Elisa miró al viejo con ira. Silvia abandonó su puesto, cruzó la calle y se apresuró hacia el portal de una de las casas, que parecía haber olvidado mejores tiempos. Allí, una pareja de ancianos, sentados en sillones verdes, tomaban café en pequeñas tazas de metal blanco.

—Perdonen la molestia—, dijo Silvia, —pero he estado en cola por horas. Tengo mucha sed y necesito ir al baño. ¿Podrían darme un vasito de agua y dejarme usar su baño?

La mujer le sonrió.

—Claro, adelante. No es la única persona que ha estado aquí. Entre por favor.

La anciana dejó a su marido sentado en el portal y llevó a Silvia al interior de su casa. Entraron en la pequeña sala, escasamente amueblada con un sofá marrón, y un par de sillas de madera al frente de este. En un rincón, Silvia notó un pequeño altar de la Virgen de la Caridad, y en las paredes, varias fotografías en blanco y negro. Las ventanas que daban a la calle estaban abiertas, pero la casa se sentía calurosa y húmeda. Silvia notó las paredes verdes descascaradas.

—¿Se comió su pizza? —preguntó Silvia.

—Sí, nos levantamos muy temprano.

—Me hubiera gustado haber hecho lo mismo.

La mujer sonrió.

—Voy a ir a la cocina a buscar el agua. El baño está allá al final de la casa. ¿Ve esa puerta? —explicó la mujer y señaló hacia la parte posterior de la casa.

—Sí la veo. Gracias. Es muy amable.

Cuando entró al baño, se miró en el pequeño espejo sobre el lavabo. Se veía horrible, con el pelo húmedo y grumoso, parcialmente cubriendo una cara roja y sudorosa.

—Octavio— dijo, mientras recordaba a su marido—. Y pensar que todo esto, es por una pizza pequeña.

Silvia se quedó absorta en sus pensamientos, mientras abría la pila del agua. Recordó el día en que sus hijos, de dieciocho y veinte años de edad, se fueron de Cuba. Ella y sus hijos se abrazaron, parados sobre la arena blanca, pocas horas antes del amanecer, mientras tres hombres y dos mujeres insistían que se dieran prisa. Recordó el olor del salitre marino, sus brazos vacíos.

Después de ese día, Silvia no podía dejar de culparse a sí misma por haber creído en la revolución; la revolución que había hecho que sus hijos, cuando eran más jóvenes, desearan ser turistas porque los turistas tenían ropa y zapatos nuevos, y comían alimentos que la familia de ella solo podía comprar en sus sueños; la revolución que sacó a sus hijos del vestíbulo de un hotel porque no eran extranjeros.

Su esposo había reconocido las faltas del nuevo sistema desde sus primeros años, cuando el gobierno comenzó a nacionalizar empresas, y familias enteras dejaron todo atrás para irse al exterior. En aquel entonces, ella discutió con él, asegurándole que la revolución beneficiaría al pueblo. Pero luego se percató de lo equivocada que estuvo. Qué ingenua le debe haber parecido a su marido.

Cuando sus hijos se fueron, al igual que cientos de otros jóvenes, ella llegó a la conclusión de que la revolución nunca haría cambios positivos en su país. Estaba destinada al fracaso desde el principio. Absorta en sus pensamientos, triste por los años que le había llevado llegar a esa conclusión, bajó su vista. Luego juntó sus manos, las puso debajo del chorro de agua, y se echó un poco en su cara. Después de secarse con un pañuelo que sacó de su bolso, utilizó el inodoro situado al lado de un viejo bidé.

Cuando salió del baño, la anciana la esperaba con un vaso de agua fría. Silvia se lo bebió y la mujer volvió a llenarlo rápidamente.

—Gracias. Es muy amable —dijo Sylvia.

—Es un placer, pero debe tener cuidado con ese sol tan fuerte.

—Señora, ¿qué puedo hacer? Cuando uno tiene hambre, hay que hacer lo necesario.

—¿No tiene familia aquí?

—No. Mis hijos salieron de Cuba, mi marido murió hace tres meses, mis hermanos y hermanas murieron de viejos, y solo quedo yo. Alguien tiene que cuidar a los muertos, ¿no le parece?

La mujer asintió:

—Sí, alguien tiene que hacerlo—dijo—. Pero me pregunto qué va a pasar cuando nosotros nos hayamos ido también. ¿Quién va a velar a los muertos, entonces?

—Sólo podemos preocuparnos por las cosas controlables, señora.

La mujer asintió. Momentos después, Silvia le dio las gracias y se fue.

Cuando regresó a la fila, se dio cuenta de que sólo había avanzado pocos pasos. Trató de ocupar su lugar, pero el viejo estaba ahora muy cerca de la pareja. Ignoró a Silvia, mientras ella pacientemente esperaba que él se fijara en su presencia. Cuando se dio cuenta que la iba a seguir ignorando, le dio un ligero codazo.

—Ya regresé. Gracias por mantener mi lugar.

El hombre se volvió hacia ella, respiró profundamente, y dio un paso atrás de mala gana.

—Gracias, señor. Es usted muy amable —le dijo Silvia, pero el hombre no respondió, por lo que ella fingió ignorar su mala educación.

Una hora después, la cola había avanzado casi dos cuadras. Silvia ahora podía oler la pizza. Mientras se imaginaba la fusión del queso, la salsa de tomate y la corteza fresca, su estómago gruñó. Presionó el área alrededor de su ombligo con sus dedos, con la esperanza de que dejara de hacer ruidos embarazosos, y miró hacia sus sandalias, notando la hinchazón de sus pies. Las articulaciones y los músculos de sus piernas le dolían y de nuevo tenía sed.

Los cupones de pizza

De repente, levantó la vista y distinguió la silueta de un hombre y una mujer en la distancia. La mujer tenía una pierna vendada y caminaba con muletas.

Mantuvo su vista enfocada en ellos hasta que notó que eran Marta y José, quienes examinaban la fila, buscándola. Silvia agitó sus brazos felizmente y gritó:

—¡Estoy aquí!

El hombre detrás de Silvia la miró con rabia y dijo:

—Ya te dije que nadie se colará delante mí.

Silvia empezó a morderse sus uñas, mientras sus ojos continuaban fijos en la distancia. Cuando se dio cuenta que Marta y José aún no la habían visto, cerró su paraguas y comenzó a agitarlo en el aire, hasta que Marta lo vio. Con gran dificultad, Marta, acompañada de su marido, comenzó a caminar en su dirección. Silvia la vio detenerse varias veces para recuperar el aliento. Cuando al fin llegaron, Silvia abrazó primero a Marta y luego le dio unas palmaditas a José en la espalda. La cara rolliza de Marta brillaba del sudor, y la pobre mujer respiraba con dificultad.

—¿Cómo te fue? —preguntó Silvia.

—Estoy agotada—dijo Marta después de recuperar el aliento—. Pero puedes ver por ti misma. —Marta señaló a su pierna enyesada.

—¿Está fracturada?

—Solo me dañé algunos ligamentos.

El viejo detrás de Silvia, al sentirse ignorado, le recordó en voz alta y agitada:

—Señora, no se lo voy a repetir. Nadie se va a colar delante de mí. ¿Me entiende? —La sangre parecía subirle a la cabeza y sus venas se hincharon en sus sienes.

Marta miró a Silvia algo confundida, mientras que José, como un toro furioso, le lanzó una mirada fija al hombre.

—¿Y tú, qué miras? —preguntó el viejo.

—Mejor que usted trate a la dama como lo que es, o se la tendrá que ver conmigo, ¿me escucha? —dijo José, apuntando con su dedo índice al pecho del hombre. Seguidamente, levantó la barbilla y dio un paso hacia éste. José y el viejo parecían contemporáneos, pero José era mucho más pesado y tenía los hombros más anchos. Su expresión de enojo, su bigote y su gran barriga le daban un aspecto intimidante. Las otras personas en la línea los observaban con interés.

Marta aseguró una de las muletas entre su cuerpo y su brazo, agarró la mano de su marido y le dijo:

—José, vámonos a casa. Me duele la pierna, y de todos modos, no creo que pueda esperar en mi condición.

José no le quitaba la vista de encima al viejo, quien decidió esta vez esquivar la mirada.

—Está bien chica, vámonos —dijo José, levantando los brazos impacientemente—. No necesito esta pizza de mierda.

Marta se encogió de hombros, mirando a Silvia con decepción.

—Nos vemos más tarde amiga—dijo Marta.

Silvia la abrazó, le dio un beso en la mejilla, y le dijo al oído.

—Lo siento.

Marta la miró y sonrió.

—No te preocupes por mí.

Los cupones de pizza

José y su esposa se alejaron lentamente, Marta cojeando, tratando de evitar poner peso sobre su pierna enyesada, y José ayudándola lo mejor que podía. Los ojos de Silvia se centraron en ellos, observando la frecuencia con que se detenían para que Marta recuperara el aliento. Cuando al fin la pareja había desaparecido en la distancia, Silvia observó a Elisa, quien estaba mirando al viejo con el ceño fruncido.

Silvia bajó la mirada, con una gran decepción grabada en su rostro, y cerró los ojos: — ¿Cuánto tiempo voy a tener que vivir así, Octavio? ¿Cuánto tiempo? —pensó.

Ella ignoró al viejo después del suceso.

La cola siguió moviéndose lentamente. Ahora que sólo había cuatro o cinco personas delante de ella, la impaciencia de Silvia creció. La boca se le hacía agua, le dolía el estómago del hambre, y sus pies se habían hinchado aún más. Se sentía agotada. Pasaron cinco minutos más y ya sólo le quedaba la pareja joven delante de ella. Pronto, pensó, se comería una deliciosa pizza, y el sabor imaginado del queso derretido la consolaba. Estaba a un par de pasos de la entrada de la pizzería y el olor de la pizza recién horneada inundaba sus sentidos.

Un hombre vestido con una camisa blanca de mangas cortas y un pantalón azul salió de la pizzería.

—Necesito que todos escuchen con atención— gritó.

El gentío en la parte delantera de la cola se reunió alrededor de él, y momentos después, el círculo alrededor del hombre de la camisa blanca se siguió ampliando. La gente se empujaba unos a otros, rodeando

71

a Silvia, quien perdió el equilibrio y tuvo que aferrarse a Elisa y a su novio a medida que el mar de la multitud crecía en su entorno.

—Necesito que me escuchen con mucha atención —repitió.

Perlas de sudor rodaban por el rostro de Sylvia y la incertidumbre creció entre las personas.

—Siento mucho decirles esto —continuó, y antes de decir más nada, el movimiento incómodo de la gente y las miradas indignadas se extendieron como un virus. Y luego, las palabras críticas llegaron.

—La electricidad se fue. No habrá más de pizza por el día de hoy.

—¿Cómo que no va a haber más pizza? —varias personas gritaron.

—¿Pero cómo pueden hacernos eso? —la gente reclamaba angustiada.

El descontento se adueñó de cada rostro en la multitud. La irritación se encendió, y propagó, mientras que las voces airadas le gritaban al hombre.

Silvia se quedó allí, tensionado su rostro por una mueca de incredulidad. La sangre le corrió hacia su cabeza y su corazón latió más rápidamente, mientras repetía esas palabras a sí misma: «No habrá más pizza por el día de hoy».

El gentío siguió empujándola en varias direcciones. Ella se estaba desapareciendo entre la multitud indignada, mientras dentro de su cabeza, trataba de conectar esas palabras a su realidad. Se sentía mareada. Tenía la piel fría y húmeda.

Los cupones de pizza

Trató de salir de la multitud, pero todo le daba vueltas; las caras a su alrededor se estaban volviendo borrosas. Sus piernas se debilitaron. Se quitó los espejuelos y los dejó caer en la calle, mientras se cubría el rostro con sus manos.

Muchos pensamientos e imágenes corrían por su mente. Vio una lágrima rodando por la cara de su hijo menor cuando le dijo adiós, el día de su partida. Vio a su marido besándola en la mejilla en la escalinata de la Universidad de La Habana, y momentos después, la imagen de él, en un ataúd, pasó por su mente. Vio a sus amigos, Marta y José, alejándose porque el hambre había convertido al viejo y a las otras personas de la cola en salvajes; se vio de pie en la calle, sola, ya no era madre, ya no era esposa, ya no era ella misma.

Su grito repentino paralizó a la gente, un grito que se ahogó lentamente en sus lágrimas. Cayó al suelo de rodillas, y las personas a su alrededor dieron un paso atrás, haciendo un círculo amplio cerca de ella. Silvia inclinó su cuerpo hacia adelante, y golpeó el pavimento con los puños, mientras sus ojos brillantes miraban ausentes a la multitud, y su tristeza caía sobre el asfalto.

El gentío aturdido la observaba en silencio, mientras Silvia lloraba sin consuelo.

Carnaval en La Habana

Negros, mulatos y blancos bailan,
mientras los tambores borran
el hambre impuesta por las raciones.

Ron y cerveza inundan las calles
y alteran las mentes.

Los fantasmas de los fusilados se despiertan,
entre la lujuria y el sudor.

No hay santo que duerma esta noche.

¡Escuchen las comparsas
del carnaval habanero!

Vean hombres y mujeres bailando
en trance milagroso.

Carnaval en La Habana

Carrosas de risa enmascaran las lágrimas.
Las luces y la música hacen que la noche
monstruosa. . . viva.

El arroz amarillo con pollo, de Abuela

Humeante, con pimientos rojos
mezclados en un conjunto festivo.

Ensopado, como me gusta,
hecho con cerveza para darle más sabor.

Puedo olerlo desde la puerta,
cuando llego a su casa en Marianao.

—¡Sírveme una plato, Abuela! ¡Rápido!
Que no he comido hace rato.

Me lo sirve.

¿De dónde sacaría el pollo? Me pregunto.

Mi madre dice que sólo tenemos derecho
a comprar seis onzas al mes, por persona.

El arroz amarillo con pollo, de Abuela

Le pregunto.

—Yo cambio las rosas de mi jardín por el pollo
—responde.

Ella sonríe y me mira comer
su confección.

Antigua casa en la calle Zapote

La calle Zapote nunca supo su dolor,
porque lo llevaba por dentro,
como una astilla enterrada en su carne.

Memorias sostenían sus techos craqueados,
recuerdos de la época colonial,
dictaduras y revoluciones.

Las generaciones que vivieron en su interior
sabían la verdad. Sabían de las mentiras,
la lucha sin fin, las libertades perdidas.

Mientras tanto, los niños crecieron en el silencio
de una vida secreta, y la gente trabajaba,
y la gente moría.

¡Silencio!
Estas paredes pueden escuchar tus pensamientos,
pero no pueden bloquear el ruido
de una base colapsada.

Esperanzas de una mujer cubana

Alicia espera en la cola de la bodega
con su tarjeta de racionamiento en mano.
Ella tiene la paciencia de un centenar de vírgenes.
Ella sabe, espera, que los buenos tiempos vendrán.

Los hombres la miran. No son tímidos.
La figura de una mujer bonita es todo
lo que tienen para mantener sus mentes
alejadas de su sombrío vivir.

Su blusa traiciona sus pechos flácidos.
Sus piernas conocen las aceras rotas;
sus extremidades son fuertes y resistentes,
listas para cualquier camino que deban cruzar.

Esperanzas de una mujer cubana

Y cuando ella compra su cuota, la ración de arroz
y frijoles, sabe que no va a durar un mes,
pero ella inventará,
al igual que lo ha hecho tantas veces.

Alicia regresa a casa, radiante como el viento
y el sol de verano, sin saber
que las escalas en la bodega han sido alteradas,
sin saber lo pronto que su comida se evaporará.

Aun así, ella espera. Un día . . .
¡los buenos tiempos vendrán!

La balsa

El día que Orlando regresó a su casa después de cumplir una condena de cinco años, acusado de actividades contrarrevolucionarias, sabía que sus días en Cuba tenían que estar contados. Y ahora, seis meses después, aquí estaba, un poco más recuperado de sus días en la oscuridad de su celda, al menos su cuerpo ya no era solo piel y huesos. Pesaba veinte libras más que el día en que salió de la cárcel, gracias a los garbanzos y el arroz que Nadia, su prometida, adquirió en el mercado ilegal. Pero el estar detrás de rejas, por tanto tiempo, lo había envejecido más allá de sus treinta y cinco años.

Ahora, todas las condiciones estaban listas: la balsa, la comida, el agua, una vieja brújula, una linterna, un diario en blanco y un bolígrafo. Estas dos últimas cosas no eran necesarias para el viaje, pero eran elementos claves de su pasión por la escritura que utilizaría para documentar su viaje a los Estados Unidos. Ese era su plan.

—Orlando, por favor, cuida mucho a Nadia y a Luisito— dijo Luisa, la suegra de sesenta y cinco años de edad, mientras que abrazaba a su hija y al nieto.

La balsa

Luisa llevaba una bata de casa sin mangas, de color azul claro, que relevaba sus delgados brazos bronceados y arrugados. Tenía más arrugas faciales que la mayoría de las mujeres de su edad. Orlando pensaba que sus preocupaciones eran las culpables. Un par de años atrás, sus dos hijos salieron de Cuba en una balsa con rumbo a los Estados Unidos y perdieron la vida en la peligrosa travesía. Ahora su única hija y su nieto seguían sus pasos. Orlando recordaba cuántas veces Luisa le había dicho a Nadia que dejara a Luisito en Cuba, y que no expusiera la vida del niño a los caprichos de un mar implacable, pero Nadia no quiso escuchar. Luisa y su marido estaban ya demasiado viejos para un viaje tan peligroso.

Orlando le dijo a Luisa que pronto volvería a ver a su hija, pero la forma en que ella acarició su cara y la tristeza con que le sonrió, lo hizo concluir que ella sabía la verdad. Esta sería la última vez que la abrazaría, ya que el proceso para obtener la residencia legal y la ciudadanía en los Estados Unidos, lo que le permitiría a Nadia a reclamar a sus padres, podría tomar años. Orlando sabía que los brazos de Luisa no estaban listos para perder a su hija y a su nieto a las luces brillantes que atraían a tantos a los Estados Unidos.

Estaban parados en la arena, cerca del mar, custodiados por arbustos frondosos y palmeras. La luna los alumbraba, pero las nubes se movían rápidamente. Alrededor de una docena de vecinos rodeaba a la familia, entre ellos hombres sin camisa y mujeres en vestidos, pantalones cortos o batas de casa sin mangas, todos mirando con ojos curiosos a los que partían.

—No se preocupe tanto. Usted sabe que yo me encargo de ellos —le dijo Orlando a Luisa.

¿Y cómo no hacerlo? Nadia era su alma gemela, la mujer que esperó por él durante los años que pasó en la cárcel.

A sólo unos pies de distancia, estaba la balsa. La brisa de verano rozaba sus caras e hacía bailar a las palmeras. Luisito, que llevaba unos pantalones cortos de color beige, una camisa blanca y sandalias negras, miró a la arena y la pateó nerviosamente, levantando un poco al aire, sobre las sandalias blancas de su abuela.

—Deja de darle patadas a la arena —dijo su madre.

Al igual que Luisa, Nadia era delgada. Su cabello negro y grueso caía sobre sus hombros.

—Deja que el niño sea un niño —protestó Luisa.

Nadia sacudió la cabeza.

—Lo mimas demasiado, mami.

Luisa la miró, con una mezcla de orgullo y tristeza mal disimulada, y acarició el rostro impecable de su hija.

—Te extrañaré, mamá —dijo Nadia secándose una lágrima de su rostro—. Dile a papá que no se preocupe. Todo va a salir bien.

Su voz se estaba agrietando al pronunciar las últimas palabras.

Orlando le dio unas palmaditas a Nadia en la espalda. El tenía brazos fuertes de las horas que había pasado haciendo pesas después de salir de la cárcel, preparándose para este viaje. Trató de hacer ejercicios cuando estuvo en la cárcel, pero había muy poca comida y apenas tenía energía. Su pulóver blanco de mangas cortas, exponía parcialmente sus bíceps musculares.

—¡Vamos, Orlando! Tenemos que irnos—gritó uno de los hombres desde la balsa.

—Vamos, mi amor. Estamos listos—le dijo Orlando a Nadia, respirando profundamente y tocando suavemente su hombro. Luego, dirigiéndose a la docena de vecinos que los rodeaban, añadió:

—Gracias por ayudarnos. Los extrañaré a todos.

Uno por uno, los vecinos abrazaron a Orlando y las mujeres lo besaron en la mejilla. Lo miraron como si fuera alguien célebre.

—Chico, que suerte tienes —dijo uno de los hombres—. Al llegar a la Yuma, no te olvides de escribir y contarnos todo.

Nadia besó a su madre en la mejilla, un beso suave, húmedo de sus lágrimas, y Luisa abrazó fuertemente a su hija y le dijo al oído:

—Que Dios y la Virgen te acompañen, m'ija.

Entonces Nadia tomó la mano de Luisito, les dijo adiós a los vecinos y comenzó a alejarse, con pasos inciertos sobre la arena.

Orlando permaneció junto a Luisa por un momento y le dio unas palmaditas en la espalda.

—Bueno, vete a casa ahora, mi vieja. Necesitas descansar.

Ella asintió, enmarcó la cara afeitada de Orlando con sus manos frías y lo miró con los ojos de una madre. Lo quería como a un hijo, ya que lo vio crecer y fue el mejor amigo de su hijo menor. Siempre estaba en su casa, siempre metido en problemas, ya fuera escuchando música norteamericana prohibida, o expresando su descontento con el gobierno.

Cuando sus dos hijos salieron de Cuba, Orlando ayudó a llenar el vacío. Siempre soñaba con el día en que su hija se diera cuenta de que él era el hombre adecuado para ella.

—Cuídate, por favor, y que lleguen bien. Vamos, dame un abrazo —dijo ella.

Se abrazaron.

—No te olvides de escribir, ¿me oyes? Algunos salen de Cuba y se olvidan de los que dejan atrás.

—No los voy a olvidar. Pero vete a casa ahora, ¿de acuerdo?

Luisa asintió y comenzó a alejarse, mientras que Orlando respiró hondo, dio la vuelta y se dirigió a la balsa.

Mientras caminaba hacia la orilla, pensó en la vida que dejaba atrás: La Habana, con todos los recuerdos de su infancia y los cuadernos escritos que había escondido debajo del colchón de Luisa. Tenía la esperanza de volver por ellos un día. Pero cuando puso sus pies en la balsa, sintió que una nueva puerta se abría, y todo lo que podía hacer era pensar en la vida que le esperaba más allá del mar.

Nadia siempre le decía a él lo idealista que era. Su idealismo lo llevó a la cárcel, y lo hizo esperar años por la única mujer que había amado en su vida. Él y Nadia fueron buenos amigos desde que eran niños. Solían jugar a los escondidos, y a veces se sentaban en la acera, en la esquina de Zapote y Serrano bajo la sombra de un almendro, y machucaban las almendras que caían de este con rocas. Siempre la quiso, y luego que crecieron, su amor por ella se convirtió en algo más potente. Años después, cuando ella se enamoró de otra persona, él esperó hasta que ella se diera cuenta que se había casado con el hombre equivocado.

Y ese momento llegó finalmente. La verdad se enfrentó a ella sólo seis meses después del nacimiento de su hijo. Ese día, Nadia salió de la compañía eléctrica antes de la hora habitual, y en cuanto abrió la puerta de su apartamento, escuchó a su hijo llorando desconsoladamente. Tiró su bolso negro en el sofá de tela floreada y se precipitó a la habitación con una mirada de preocupación. Cuando entró, su mundo se derrumbó. Su marido estaba en la cama, acostado en las sábanas blancas que ella había comprado en el mercado negro, mientras una mujer desnuda y teñida de rubio estaba arriba de él, haciéndole el amor mientras los dos gemían de placer. En la cuna, a sólo unos pocos metros de distancia, su bebé lloraba sin consuelo.

Nadia, quien normalmente era agradable y sensata, perdió sus estribos, y su cara se transformó con una mezcla de rabia y tristeza.

—¿Cómo te atreves? —le gritó a su esposo mientras corrió hacia la mujer, la agarró por el pelo y la sacó de arriba de su marido. Los hombros de la mujer alcanzaron el suelo, seguido por el resto de su cuerpo. Aterrizó boca arriba en la losa blanca y fría, aun tratando de liberar su pelo de las garras de Nadia, pero esta se aferró a su cabello, tanto que casi le corta las manos. Cuando la mujer estaba en el piso, comenzó a golpearla.

—¡Eres una puta desconsiderada! No sólo te acuestas con un hombre casado, ¿pero con mi hijo en la habitación? ¿Qué tipo de monstruo eres?

La mujer trató de bloquear los golpes de Nadia. Cuando no pudo, la arañó con sus largas uñas y le haló el cabello, pero Nadia actuaba como si no sintiera nada. Sus ojos estaban llenos de lágrimas, y su adrenalina seguía fluyendo, mientras que sentada en el torso de la mujer, le daba bofetadas.

—¡Esto te enseñará a no acostarte con un hombre casado!

Su marido saltó de la cama y trató de separar a las mujeres mientras la rubia gritaba: —¡Me mentiste!, me dijiste que estabas divorciado.

Nadia se tomó un momento para reaccionar a sus palabras.

—Yo no sabía que estaba casado. ¡Te lo juro! —gritó la mujer.

Nadia dejó de golpearla y poco a poco, como una mujer poseída, se volvió hacia su marido y se quedó mirando a su cuerpo desnudo que aún evidenciaba el deseo por su amante.

—¿Divorciado? ¿Es eso lo que le dijiste?

Su marido dio un paso atrás y subió las manos, con las palmas hacia Nadia.

—Déjame explicarte.

Como una tigresa, Nadia se bajó de la mujer, fue a adonde su marido, y le dio una bofetada tras otra, con rabia.

—¿Explicar? ¿Crees que esto tiene explicación? —le preguntó.

La balsa

Mientras que ella golpeaba a su marido, este trató de contenerla, pero la rubia se levantó del suelo y comenzó a halarle el pelo a su amante.

—Me mentiste —gritó la mujer.

—¡Déjame tranquilo, puta de mierda!—dijo mientras volvía la cabeza en la dirección de la rubia quien le enterraba las uñas en la espalda con una mano y le halaba el pelo con la otra.

El bebé estaba inconsolable. Nadia se dio cuenta y miró a su marido con una mezcla de tristeza y disgusto. Dejó de golpearlo, cargó a su bebé y lo meció en sus brazos.

—Todo está bien mi amor —le dijo a su hijo.

Entonces levantó los ojos y miró a su marido por última vez. No había nada que pudiera decirle que sus ojos no transmitieran. Se dirigió hacia la puerta con su hijo en brazos y nunca regresó. Algún tiempo después, mientras que ella lloraba en el hombro de Orlando y éste le acariciaba su pelo largo y negro, ella se daría cuenta de lo que debió saber mucho antes.

Nadia se divorció de su marido, y ella y Orlando se refugiaron en los brazos del otro cuando lo necesitaban más. Ahora, nada podría separarlos y juntos descubrirían la libertad.

Una voz masculina dijo: —Orlando, necesito que me ayudes chico. ¿Qué esperas?

Orlando dio la vuelta. Era Tony, un muchacho flaco de veinte años de edad, con el pelo largo y castaño recogido en un rabo de mula, que estaba en el agua tratando de empujar la balsa contra las olas para llevarla a mayor profundidad. Orlando se bajó de la balsa y lo ayudó a empujar hasta que el agua le llegó al cuello. Entonces saltaron en ella con la ayuda de los otros balseros.

—Ahora tenemos que estar tranquilos—susurró, Tony—. No debemos hacer mucho ruido para que no nos cojan los guardacostas.

—Si nos descubren, más nunca veré la luz del día —dijo Orlando pensativamente.

—Vamos. Tenemos que seguir siendo positivos — dijo Katy, la novia de Tony—. Tú sabes lo que dice la gente. Los pensamientos negativos atraen cosas negativas.

Katy era una mujer de pelo rojo, delgada, gimnasta y camarera, de gran fortaleza física y optimismo. Acababa de cumplir veinte años el día anterior. Cuando tomó la decisión de irse de Cuba, luchó con la idea de decírselo a sus padres, y al final pensó que sería mejor si se enteraran después de su llegada a los Estados Unidos. Ella no quería que se preocuparan. Inventó una historia que ni siquiera ella se creía: les dijo que tenía que trabajar tarde debido a la visita de una delegación venezolana. La delegación estaría en Cuba durante dos días, por lo que tendría que dormir en el apartamento de una de sus compañeras de trabajo durante ese tiempo. No creía que sus padres sospechaban nada.

—Le voy rezar a la Virgen de la Caridad —dijo Nadia—. Tengo una pequeña estatua en mi cartera. Ella nos protegerá.

Los padres de Nadia eran católicos y la enseñaron a creer en Dios y en otras vírgenes y santos, como Santa

Bárbara, San Lázaro, y la Virgen de la Caridad. La última era la patrona de Cuba. Nadia creció con una versión más grande de la virgen adornando su habitación. La virgen llevaba un hermoso vestido azul y tenía un niño en su regazo. Debajo de la virgen, tres hombres en un bote le rezaban mientras batallaban contra las olas del mar. La tía de Nadia le había regalado la pequeña estatua durante una de sus visitas de Tampa. Nadia tocó la virgen, cerró los ojos y empezó a rezar.

Orlando miraba hacia la costa.

—Estamos bien por ahora, pero hay que darse prisa —dijo.

Orlando y Tony remaron, cada uno sentado en lados opuestos de la balsa. Luisito se sentó al lado de su madre, mientras que Katy aseguró una de las bolsas de comida con una soga.

—Cuando uno de ustedes se canse, yo puedo remar —dijo Rogelio, un hombre delgado con una cabellera blanca y mejillas hundidas.

Rogelio fue el diseñador y constructor de la balsa. Trabajó en ella por varios meses, mientras que Orlando, Tony, Nadia, y Katy adquirían los materiales necesarios: las cámaras de aire, la madera, lienzos, y soga. Cada uno de ellos contribuyó a la compra de los alimentos que requerían para el viaje. Los adquirieron en el mercado negro ya que la cantidad que el gobierno les permitía comprar a través de sus tarjetas de racionamiento eran apenas suficiente para satisfacer su hambre a diario. Fue Rogelio quien nombró la balsa. Le dio el nombre de su hija, Dalia, quien lo estaba esperando en Miami.

—No se preocupe por nada, Rogelio. Nos encargaremos de remar. Sólo tiene que mirar la brújula con esa linterna de vez en cuando y asegurarse de que seguimos hacia el norte —dijo Tony, el más joven de los tres hombres.

Después todos permanecieron en silencio después de eso, y solo se podían oír el chapoteo de los remos contra el agua y el sonido de la balsa cuando se elevaba por encima de las olas y caía en el vacío como un juguete. Orlando miró hacia atrás y vio la costa iluminada por luces amarillas. Cada vez las luces parecían más pequeñas y más tenues, hasta que después de un largo rato se desvanecieron por completo en la distancia, y todo lo que podía ver eran las oscuras aguas que rodeaban la balsa.

Orlando miró a Nadia. Luisito ahora estaba sentado en sus piernas, y Nadia tenía sus brazos alrededor de él. A Orlando le gustaba como Nadia se veía esa noche, su pelo largo y negro sostenido en un rabo de mula, su rostro iluminado por la luna, sus ojos castaños mirando con tristeza las olas espumosas. Ella levantó la cabeza y, cuando sus ojos se encontraron, descubrió que Orlando la había estado mirando y sonrió complacida.

—¿Tienes sed? —le preguntó.

—No, no te preocupes.

Todos callaron durante un largo rato hasta que Rogelio rompió el silencio.

—Orlando, Tony. Miren para allá. ¿Qué será eso? —dijo mientras señalaba con su dedo índice a un lugar en la distancia.

Orlando miró en la dirección que Rogelio estaba apuntando y notó una luz.

—Podría ser una embarcación de los guardacostas —dijo Tony.

—¿Te parece que vienen en nuestra dirección?— preguntó Rogelio.

Tony no respondió. Orlando seguía mirando en la dirección de la luz y finalmente dijo: —No estoy seguro.

—¿Qué vamos a hacer?—preguntó Katy.

—No lo sé. Pero no podemos ser descubiertos—, dijo Orlando.

Orlando y Tony remaron más rápido. El viento estaba aumentando, y una nube gruesa bloqueó la luna. Tal vez ahora sería más difícil que los guardacostas los detectaran.

—¿Por fin, vienen en nuestra dirección?— preguntó Orlando.

—No lo creo —respondió Nadia—. Las luces no se están agrandando.

—Tal vez sea un barco de pesca—dijo Rogelio.

Orlando siguió remando. De vez en cuando miraba hacia la luz. ¿Se estaba acercando? Se preguntó. Decidió no mirar más. Momentos después, como si luchara contra su autolimitación, se encontró levantando los ojos. Él sabía que era inútil. Si era procedente de un barco de guardacostas, no podrían escapar de todos modos. Su corazón latía más rápido, y sintió un nudo en la garganta.

—¿Quieres un poco de agua, Orlando? Te ves cansado —susurró Nadia, hablando en voz baja.

—Sí, gracias.

La balsa

Nadia sacó una botella plástica de un saco y se la dio a Orlando. Sintió calma cuando el líquido frío refrescó su garganta, pero no quería tomar demasiado. No sabía cuánto tiempo iban a estar en el mar.

Tratando de olvidar la luz, se quedó abstracto en sus pensamientos mientras miraba a las aguas negras y remaba. Recordó el día en que fue detenido por participar en una reunión contra-revolucionaria y distribuir panfletos anticomunistas. Entonces Orlando tenía veintidós años.

La noche después de aquella reunión, un grupo de oficiales armados vestidos, con uniformes grises, irrumpieron en la casa que compartía con sus padres y entraron al dormitorio de ellos.

— ¿Dónde está? — preguntó uno de los oficiales.

Él escuchó a su madre responder con una pregunta: — ¿Quién?

Había miedo en su voz.

— Orlando Rivera.

— ¿Para qué lo quiere? Él no hizo nada — dijo su padre.

— Tenemos órdenes de detenerlo.

Orlando se levantó y se puso la camisa con calma. Segundos más tarde, los hombres entraron en su habitación.

— ¿Orlando? — gritó un oficial de poca estatura y calvo.

— Sí — dijo Orlando.

— Tiene que venir con nosotros — dijo el oficial.

— ¿Por qué?

— Actividades contra-revolucionarias. Vámonos.

Orlando recordó respirar más rápido. Era escritor y pensador, y el restringir lo que escribía era como atar su cerebro. Lo hacía sentir como si se estuviera ahogando. Al salir de la casa acompañado de los oficiales comenzó a gritar para que todos pudieran oír:

—¿Ven esto? Me llevan preso por expresarme. ¡Viva la libertad! Libertad o muerte.

Los hombres comenzaron a golpearlo en la cabeza con sus palos, pero Orlando siguió gritando *libertad* hasta que sus palabras se derrumbaron detrás de la puerta verde del vehículo que esperaba afuera.

Tony le dijo algo a Orlando que interrumpió sus pensamientos, pero no pudo escuchar lo que era. Orlando sonrió entre dientes y dijo en un tono de voz muy bajo: —Ahora tenemos la libertad de morir.

—¿Qué dijiste? —preguntó Nadia.

—Nada.

Orlando miró al hijo de Nadia quien se había quedado dormido en el regazo de su madre. En ese momento, hubiera querido tener la inocencia de Luisito.

Los músculos de Orlando le dolían de tanto remar. Se detuvo por un momento y se cruzó de brazos para darle masaje a sus hombros con sus dedos.

—Déjame remar —dijo Rogelio.

—Yo voy a relevar a Tony —añadió Nadia.

—Remaré yo. Tú tienes que tienes que cuidar a Luisito.

Katy se levantó, agarró las manos de Tony y lo obligó a dejar de remar.

—Muy bien, ganaste —dijo Tony.

Rogelio se levantó y se balanceó en la balsa hasta que llegó al lado de Orlando.

—Vamos. Sal de ahí. Agarra el compás.

Orlando lo obedeció. Agotado, se sentó junto a Nadia y miró en la dirección de la luz, sin poder distinguirla.

—¡Ya no veo la luz! —anunció con júbilo.

—¿Te acabas de dar cuenta ahora?—dijo Tony riéndose—. ¿Dónde has estado durante los últimos veinte minutos? Oh, verdad. El intelectual estaba pensando.

—Si sigues así, te voy a enseñar lo que este intelectual puede hacer—advirtió Orlando.

—Vamos, chico—dijo Rogelio—. Tranquilos. Lo último que necesitamos es una pelea.

—Nadie se está fajando, Rogelio—intervino Katy—. Están jaraneando, ¿verdad Tony?

Tony miró a su novia, sonrió e hizo un gesto negativo con la cabeza.

—Claro que estamos jugando.

Tratando de cambiar el tema, Nadia preguntó:

—¿Cuánto tiempo falta para llegar a aguas internacionales?

Orlando consultó su reloj.

—Se supone que esté a doce millas náuticas de donde salimos, más o menos. Oí a alguien decir que podría tomar varias horas si no tenemos mayores complicaciones. Pero es difícil saber con certeza.

Tony se frotó las manos y sus ojos se iluminaron cuando dijo:

—La primera cosa que voy a hacer cuando llegue a Miami es comprar un batido grande de mango y una enorme pizza con chorizo y mariscos.

—Lo primero que vas a hacer cuando llegues a Miami es darte una ducha —dijo Rogelio.

Todos se rieron. Era como si mencionar las aguas internacionales tuviera un efecto calmante. Luisito todavía estaba dormido. Su abuela en secreto, le había puesto la mitad de un meprobomato en su leche para relajarlo y hacerlo dormir.

—¿Por qué vas a los Estados Unidos, viejo?—le preguntó Orlando a Rogelio.

Rogelio se rascó la cabeza.

—Mi hija vive allí. No la he visto en quince años. Mi esposa falleció hace dos meses—dijo, bajó la cabeza.

—Lo siento, viejo—dijo Tony.

Rogelio se quedó en silencio por un momento, luego, levantó la cabeza repentinamente, como si algo se le hubiera ocurrido. Miró en la dirección de Tony, moviendo su dedo índice de un lado a otro, como un limpiaparabrisas.

—Pero no te creas que tengo la intención de ser carga de nadie. Sé cómo hacer muebles y encontraré un trabajo. Soy muy buen carpintero. ¿Y tú qué vas a hacer?

Tony sonrió y dijo:

—Soy un cantante de rock. Lenny Kravitz, Santana, Kiss, lo que sea. Puedo hacerlo todo. También toco la guitarra eléctrica. ¿Verdad Katy?

Tony se inclinó hacia Katy y la besó en los labios. Ella dejó de remar y le dio un empujoncito.

—Para chico. ¿No ves que estoy ocupada?

—Bueno, ¿soy o no buen guitarrista?

—Sí, eres bastante bueno, ¿satisfecho?

—¿Y tú, Orlando? Sé que eres escritor, pero allá no creo que te podrás ganar la vida escribiendo. ¿Qué más puedes hacer? —preguntó Rogelio.

—Yo era programador antes de ir a la cárcel. Cuando salí, me hice camarero, ya que me di cuenta que trabajando para los turistas ganaría más del doble de lo que ganaba de programador.

—¡Esa es nuestra Cuba!—exclamó Tony con sarcasmo—. Tenemos las prostitutas, los taxistas, y los camareros más educados del mundo.

Hubo un largo silencio. Katy y Rogelio remaban como si estuvieran en una competencia.

—Ustedes dos van a perder sus brazos si siguen remando así —dijo Tony, pero Katy y Rogelio lo ignoraron.

Katy tenía los brazos y las piernas fuertes por sus años como gimnasta. En comparación con ella, Nadia parecía frágil y debilucha. Orlando atrajo a Nadia más cerca de él, le dio un beso en la mejilla y le susurró:

—Te amo.

Ella sonrió. Orlando consultó el reloj que su hermana le había enviado de los Estados Unidos. Encendió su lucecita y se dio cuenta que eran casi las tres. Todavía estaba muy oscuro y espesas nubes cubrían el cielo. Orlando bostezó y apoyó la cabeza en el hombro de Nadia. Se quedó dormido por un rato, pero el balanceo de la balsa lo despertó.

Ahora, el viento azotaba sus cuerpos y jugaba con el pelo de las dos mujeres, quienes trataban de quitar los mechones de sus caras. Estaban ya muy lejos de la orilla. La balsa se retorcía frenéticamente contra las furiosas olas, y las nubes se movían rápidamente en el cielo.

Orlando se frotó la cara y miró el horizonte. —Una tormenta se acerca—dijo.

—Pero pensé que tendríamos buen tiempo —dijo Nadia.

—Vamos Nadia. ¿Y tú confías en nuestros queridos meteorólogos?—preguntó Tony.

—Déjate de tanto sarcasmo —protestó Katy—. ¡Me estás poniendo los nervios de punta!

—Rogelio, ¿crees que esta balsa pueda sobrevivir a una tormenta?—preguntó Nadia.

—Hemos trabajado duro en su construcción—dijo Rogelio quien respiraba con dificultad mientras remaba—. ¿Tú ves toda la madera atada con sogas, los tanques plásticos de cincuenta y cinco galones a su alrededor, y las cámaras de aire? Eso es calidad.

—Así es, viejo. Esta balsa es uno de los logros del espíritu de invención del cubano. No se va a hundir — dijo Tony sarcásticamente.

—¿Sabes qué Tony?—gritó Katy—. Tal vez si tuvieras que remar no hablarías tanto. Estoy cansada. Toma mi lugar.

—Viejo, Katy tiene razón. Es hora de cambiar — dijo Orlando, y sin esperar respuesta se acercó a Rogelio y tomó el remo.

Katy, todavía molesta con las bromas de Tony, no fue tan cuidadosa. Se paró sin pensar y trató de mantener su equilibrio, pero una gran ola salpicó la balsa con fuerza, y antes de que nadie pudiera hacer nada, el cuerpo de Katy cayó al mar oscuro y desapareció.

—¡Dios mío!—gritó Nadia—. ¡Hay que hacer algo!

—Dame la linterna, viejo. ¡Rápido!—gritó Tony.

Con desesperación, Tony alumbró alrededor de la balsa, para detectar cualquier señal de Katy.

—¡Katy!—gritó. Pero no hubo respuesta. Tony comenzó a desabrocharle la camisa.

—¿Qué estás haciendo?—preguntó Rogelio.

—Ir a buscarla. ¿Qué crees?

Rogelio agarró el brazo de Tony. —¿No lo entiendes? El mar está demasiado violento y oscuro.

—No puedo dejar que se ahogue. ¡Katy! ¡Katy! —Tony gritó mientras Rogelio trataba de detenerlo.

—No hay nada que podamos hacer. Lo siento hermano —respondió Orlando tratando de ocultar el horror en su rostro.

Las olas seguían golpeando la balsa con violencia, y ahora la lluvia caía con fuerza contra sus cuerpos, sin darles tiempo a recuperarse del severo impacto. Rogelio, mareado por el movimiento del mar, empezó a vomitar. Nadia, todavía sacudida por la desaparición de Katy, estaba demasiado concentrada en su búsqueda alrededor de la balsa para preocuparse por él.

—¡Katy!—gritaba ella, con la voz quebrada. —Por favor respóndeme.

—¡Katy!—gritó Orlando tratando de compartir el optimismo de Nadia y tomando la linterna de Tony, para buscarla en las oscuras aguas.

Cuando no obtuvo respuesta, Nadia frenéticamente tomó un pedazo de soga y lo ató alrededor de ella y de su hijo, asegurándola luego a las maderas de la balsa. Entonces abrazó a su pequeño.

—¡Katy!, por favor, contesta —gritó Tony. Continuó llamando su nombre hasta las lágrimas ahogaron sus palabras.

Luisito abrió los ojos y murmuró que no se sentía bien y que tenía frío. Nadia besó su pelo mojado, y presionó su cuerpo contra el suyo para darle calor.

—Tratar de dormir, cariño —susurró.

Todos los balseros habían dejado de remar. Orlando bajó la mirada. Tony sollozaba en silencio con la camisa desabrochada y mojada por las olas y la lluvia.

—Lo siento, Tony—, dijo Orlando.

—Orlando, las olas son cada vez más altas. Remar no nos servirá de nada—, gritó Rogelio, mientras la lluvia y el agua del mar azotaban sus cuerpos.

—Tienes razón. Tenemos que atarnos a la balsa. ¡Nadia, asegura la comida y el agua! —gritó.

Nadia alcanzó los sacos de suministros. Ya estaban atados, pero los reforzó con más soga y los ató a la madera en el fondo de la balsa. Los ojos de Luisito ahora estaban abiertos y empezó a llorar.

—No me siento bien— dijo—. Tengo miedo.

Nadia lo abrazó y le dio un beso en la mejilla, mientras un sentimiento de culpabilidad la inundada.

—Todo va a estar bien, mi amor. No tengas miedo —dijo conteniendo sus lágrimas.

Orlando y Rogelio colocaron sogas alrededor de sus cuerpos y las ataron a un lado de la balsa.

—Tony, dale amárrate —gritó Rogelio.

La balsa

—Esto es una mierda, viejo. Este es el fin. Nos vamos a morir aquí —dijo Tony dijo y obedeció a Rogelio con mala gana.

—Nadie más se va a morir. Deja de hablar así — respondió Orlando.

—Ahora todo lo que nos queda es rezarle a la Virgen de la Caridad —dijo Rogelio con una voz débil.

Orlando atrajo a Nadia y a Luisito más cerca de él. Estaba temblando.

—Vamos a estar bien, mi amor—dijo. Pero no creía sus propias palabras. Ahora se daba cuenta de que el cambio de clima había convertido la balsa en una trampa mortal.

Nadia lo miró con los ojos llenos de lágrimas y luego inclinó la cabeza y se puso a rezar. De repente, una enorme ola vino y cubrió toda la balsa. Durante un tiempo, Orlando fue arrastrado por debajo de la ola. Contuvo la respiración hasta que el agua se retiró.

Entonces miró a su alrededor. La ola había empujado a Nadia y a su hijo contra el lado de la balsa. El niño estaba llorando y abrazando a su madre. Tony estaba al lado de ellos.

—¿Están todos aquí?—gritó Orlando restregándose los ojos para ver mejor.

—Estamos aquí—dijo Nadia.

—Yo también, pero creo que hemos perdido a Rogelio—gritó a Tony. Entonces, mirando a su alrededor añadió: —Y una bolsa de comida.

—¿Dónde está la linterna? Tenemos que buscar a Rogelio —gritó Nadia.

—Si Orlando no la tiene, la perdimos —dijo Tony.

—¡Rogelio, Rogelio!—gritó Orlando, pero nadie respondió.

—¡Rogelio!—gritó Nadia frenéticamente.

Siguió un largo silencio interrumpido por el llanto de Nadia y de Luisito, y los sonidos de la lluvia y el mar rugiente. La balsa se sacudía violentamente, a veces elevándose por encima de las olas y hundiéndose de nuevo en la oscuridad. Pensando que en cualquier momento se partiría en pedazos, Orlando sintió que su corazón latía más rápido. Se dio cuenta que Nadia abrazaba a Luisito con una mano y se agarraba de una soga con la otra. El niño gritaba de miedo cada vez que la balsa se hundía en el mar. Pero incluso el pequeño, a través de su comportamiento, comenzó a aceptar la gravedad de la situación y eventualmente dejó de llorar. Sólo el terror en su rostro permanecía.

Después de enfrentar el mar y la lluvia por un largo rato, dejó de llover y la luna llena comenzó a reaparecer en el cielo. Las olas aún estaban altas, debido a los fuertes vientos.

Todos se quedaron en silencio mirando al mar. Nadia sollozaba sin consuelo y Orlando apartó la mirada para ocultar las lágrimas que rodaban por su rostro. Estaban a la merced de los vientos y las olas, y él no sabía cuánto tiempo les tomaría para llegar a aguas internacionales.

Poco después, Nadia secó su rostro dejando una mezcla de ira y tristeza en su expresión. Luego, frunció el ceño y su voz se quebró:

—¿Y qué vamos a hacer ahora, Orlando?

La balsa

—Es mejor que no alteremos al niño. Ya pensaremos en lo que vamos a hacer.

Tony sacudió la cabeza y sonrió:

—¿Sabes, Orlando? La verdad es que tú eres del carajo. Debes ser el hombre más optimista del mundo. Mira a tu alrededor, chico. ¿Ahora qué?

Orlando respiraba más rápido, tensó su cuerpo y apretó los puños.

—Chico, ya estoy cansado de tu actitud—dijo mirando a Tony—. Tal vez si compartieras un poco de mi optimismo, no estaríamos en esta situación.

—Sí claro, ahora todo es mi culpa—dijo Tony, colocando su mano derecha en el centro de su pecho—. ¿Quién coño era el que tenía todos esos sueños de libertad?

Su sarcasmo brotaba de sus palabras.

—Todo esto es una mentira. Yo tenía más libertad cuando tocaba mi guitarra y cantaba mis canciones. Ahora estoy atrapado en esta balsa, perdí a mi novia, y ¿para qué? Hasta el viejo está muerto. Y todo lo que Rogelio quería era ver a su hija.

Nadia respiró profundo. De cierta forma, ella estaba de acuerdo con Tony.

—Orlando tiene razón, Tony —dijo Nadia apoyando al hombre que amaba—. Sabíamos lo que estábamos arriesgando cuando nos fuimos, pero estábamos dispuestos a pagar ese precio.

Los ojos de Tony se enfocaron por un tiempo en el mar, que ya había empezado a calmarse. Giró la cabeza de un lado a otro.

—Esto es una mierda —dijo Tony golpeando la balsa con los puños—. ¿Qué voy decirle a su familia ahora?

Tony permaneció en silencio durante un momento.

—¡Ah, ya sé lo que les voy a decir! Que soy una basura por no protegerla.

—Esto no es tu culpa. Ella también sabía lo que podía suceder —dijo Orlando.

—Para qué decir más nada —dijo Tony.

* * *

Ocho días habían pasado desde que salieron de Cuba. Ya no quedaba comida ni agua, y estaban a la deriva, sujetos a los caprichos del mar. Entonces aprendieron lo que varios días en el mar, el hambre y la deshidratación le pueden provocar a un hombre.

—Mira. Allí está —dijo Tony, señalando hacia el horizonte.

Sus dientes blancos parecían brillar contra su piel quemada.

—Oye, Katy. ¡Estoy aquí! Espera por mí —dijo.

Agitó la mano, sonrió y sus ojos se mantuvieron fijos en la distancia. A pesar de su estado debilitado, se las arregló para recuperar el equilibrio y pararse.

—¡Espera por mí, Katy! —gritó de nuevo—. Hasta pronto, mi gente.

Y se lanzó al mar.

La balsa

Los que quedaban no tenían la energía para intentar salvarlo. Momentos después, Orlando vio los tiburones y la sangre flotando a la superficie. Las criaturas marinas estaban a su alrededor. Orlando cerró los ojos y se preparó para lo peor.

Buscó la mano de Nadia. Estaba helada. Ella había dejado de hablar desde que su hijo se desmayó. Él sabía que el chico estaba vivo por los latidos débiles de su corazón, pero ya no le quedaba mucho tiempo.

Orlando nunca se imaginó que terminaría así. Tenía miedo al principio, y sabía que mientras que temiera por su vida, tenía la posibilidad de luchar. Pero cuando el miedo comenzó a ser sustituido por la aceptación, se dio cuenta que todo se había acabado. Ahora, todo lo que quedaba era esperar.

Como escritor, quería que su inminente muerte no fuera en vano. Sólo deseaba que alguien pudiera encontrar la balsa y leyera los garabatos que dejó escritos. Quería que el mundo lo entendiera, sin importarle lo ingenuo que eso pareciera. Nadia no se movía. Él la sacudió para ver si todavía estaba viva, pero ella no respondió. Orlando era el único que quedaba con pensamiento claro. El silencio sólo era interrumpido por el sonido de las olas. Se quedó inmóvil, con los ojos cerrados, sosteniendo la mano de Nadia entre las suyas, y oró porque el fin llegara pronto.

La eternidad lo esperaba, pero entonces. . .Orlando ve a Nadia nadando en un mar azul-turquesa; sus brazos delgados se arquean perfectamente dentro y fuera del agua tibia. Él nada tras ella. Su respiración se vuelve más pesada a medida que la sigue. Al fin la alcanza, le agarra las piernas y la trae hacia él. Ella lucha por mantenerse a flote, luego gira y agarra sus manos. Ella empuja su cuerpo hacia él, lo rodea con sus piernas largas y repetidamente se acerca y luego se aleja de él coquetamente, hasta que ninguno de ellos puede permanecer lejos. Se abrazan, se besan, y las piernas de Dalia permanecen alrededor de él bajo el agua. El cuerpo de Orlando reacciona al de ella. Dalia sonríe y besa su cuello húmedo y lo seduce, moviéndose más y más cerca de sus labios. Sus besos lo cosquillean y llenan su cuerpo de energía. Su alegría continúa hasta que consumen su pasión bajo el sol, su único testigo. Orlando cierra los ojos y sus sentidos disfrutan al ser inundados por ella. Ella es su paraíso. Estar allí con Nadia es vivir.

Pero después de un tiempo, ya no la puede sentir y comprende que lo que estaba sintiendo no era real. Ni ella ni él estaban allí, sino perdidos en algún lugar entre la vida y la muerte. Todo el color y la belleza desaparecen, y él se mueve a través de un túnel oscuro, como si hubiera caído en un agujero negro. Siente que se está muriendo, y se deja ir.

Por delante, aparece una luz tenue que va creciendo y haciéndose más brillante, hasta que lo ciega temporalmente. Entonces, de repente, siente el pellizco de una aguja al entrar a su brazo, y el líquido que corre por sus venas le devuelve la vida. Después de un tiempo, abre los ojos y ve una luz que ilumina una de sus pupilas, y luego la otra. También ve la cara de una mujer rubia vestida con una bata blanca de médico. Alrededor de su cuello cuelga una placa que no puede leer. Se siente mareado. Trata de hablar, pero todavía está demasiado débil, aunque sus ojos transmiten su desesperación y ella parece darse cuenta.

—Si está preocupado por la mujer y el niño, los dos van a estar bien —dice la doctora en español. Su voz le suena como la de un ángel—. Un pescador los encontró. No se preocupe.

Él sonríe y cierra los ojos por un momento, y luego los abre de nuevo.

—Algo más —dice ella—. Tengo el jornal que tenía atado alrededor de su cuerpo, y lo leí por si había información que podríamos utilizar para su tratamiento. Y sí, quiero decirle que usted es al fin libre. Bienvenido a los Estados Unidos.

Los ojos de Orlando se llenan de lágrimas, mientras repite esas palabras en su mente una y otra vez hasta que se queda dormido.

Entre cubos de agua

En Cuba, la tierra del ron, la caña de azúcar, la santería y la música afrocubana del guaguancó, vivía María. Los vecinos la veían a menudo caminando por la calle Zapote, llevando dos cubos plásticos llenos de agua, incluso en los días en que ese líquido vital salía de las pilas. Todo escaseaba en La Habana durante los años en que Fidel Castro permaneció en el poder: el agua, los alimentos, la ropa, y la electricidad. El gobierno suspendía la provisión de agua que salía por los grifos, a veces durante días, ya fuera como medida de conservación o por cualquier otro motivo que la gente no conocía. Entonces los camiones con agua venían a la calle Zapote a distribuirla mientras los vecinos, entre ellos María, esperaban en cola para llenar sus cubos.

Un día se rompieron las tuberías en el apartamento de María, y sin los materiales disponibles para arreglarlos, estuvo usando el agua de la casa de un vecino por más de un año. Cuando María caminaba de un lado a otro, llevando y trayendo sus cubos, y la misteriosa tristeza de sus ojos verdes, hacían que la gente se fijara en ella.

Con veintidós años, tenía la belleza sutil de tres continentes: los ojos color esmeralda de su abuelo materno, quien provenía de españoles y alemanes, y la piel oliva en que se adivinaban la mezcla de raíces africanas y taínas de su padre. Ella tenía el pelo largo y negro recogido en un rabo de mula desordenado.

Su madre, Tomasa, una mujer corpulenta, corta, de piel muy blanca y pelo negro, practicaba la santería, una religión afrocubana que incorpora elementos del catolicismo e implica enseñanzas secretas transmitidas de generación en generación a los sacerdotes y sacerdotisas.

El padrastro, Cayel, un hombre alto y de tez oscura, practicaba una forma más siniestra de la santería: la magia negra. Al igual que la magia blanca, esta incluía el sacrificio de animales, una firme creencia en los santos u orishas, y ofrendas de comida a los santos. Una diferencia importante era que siempre había una víctima, por lo que Cayel la utilizaba para hacerle daño a la gente que consideraba sus enemigos. Él no tenía límites y esto hizo que sus vecinos le temieran.

María se hacía cargo de sus dos hermanos pequeños, aunque algunos sospechaban que los niños eran realmente sus hijos. Tomasa era obesa y la gente hubiera tenido dificultad para darse cuenta de un embarazo. No es que nadie hubiese podido notar si María estuviese embarazada tampoco. La forma en que vestía, con vestidos de colores oscuros, que eran muy grandes para ella, habría hecho imposible que los vecinos detectaran cualquier cambio físico.

María podía oír a la gente susurrar cuando caminaba por la calle, comentando sobre la causa del vacío en su mirada. Nadie sabía lo que pasaba detrás de las puertas de su apartamento cuando Cayel llegaba a casa tarde en la noche. Ella no podía borrar de su memoria la primera vez que él entró en su habitación cuando su madre dormía, ni la forma en que la tocó y la violó mientras ella permanecía inmóvil, petrificada por el miedo.   Recordaba las gotas de tristeza que se derramaron sobre su almohada cuando Cayel le robó su inocencia. Él dijo que la mataría si se lo decía a alguien. Cuando llegó el primer embarazo de María y su madre se mantuvo silenciosa sobre su estado, María se dio cuenta de su soledad. Ella dio a luz a su primer hijo a los diecisiete años. Dos años más tarde nació un segundo hijo, también traído al mundo en secreto, con la ayuda de una pariente de su madre.

Al principio ella se culpaba. Pensaba que tal vez era provocativa la forma en que se vestía, no que hubiese nada particularmente atractivo o revelador en sus vestidos sencillos de algodón, de color blanco y amarillo.

Después de la noche en que Cayel le robó su virginidad, ella comenzó a usar ropas oscuras que pertenecieron a su abuela fallecida. Sin embargo, nada cambió. Todavía Cayel entraba a su dormitorio cuando así lo deseaba. Si ella lo rechazaba, él la amarraba y hacía con ella lo que quería, por lo que María deseó estar muerta. Muchas veces pensó en huir, pero no quería dejar a sus hijos solos con su madre y su padrastro.

Los vecinos veían a María llorar con frecuencia en las esquinas, pero por miedo a Cayel, nadie se atrevió a preguntarle la razón. Un día, dejó de llorar y unas sombras oscuras aparecieron debajo de sus ojos sin estrellas. Los rumores surgieron, acercándose a la verdad, pero ninguno de los vecinos se atrevió a intervenir.

Todo el mundo en el barrio despreciaba lo despreciaba, especialmente después que trató de matar a José, un joven negro, amistoso, con una sonrisa agradable. El hijo de José había empujado al de Cayel durante una pelea, nada del otro mundo entre niños que sólo tenían cinco años, pero Cayel quería vengarse.

Un día, se escondió detrás de un árbol grande de tamarindo en la esquina de las calles Serrano y Zapote, y esperó que José regresara del trabajo. No tuvo que esperar mucho tiempo. Una vez que el desprevenido José se acercó por esa esquina, Cayel lo agarró por la camisa blanca y golpeó su rostro varias veces con sus puños. También le dio un puñetazo en el estómago, haciendo que José, quien era de menor estatura, cayera al suelo. Después lo pateó salvajemente hasta que dejó a José casi inconsciente. Después de este acto repugnante, el miedo que los vecinos le tenían a Cayel creció. Sin embargo, se compadecían de María, porque presentían que ella era tan víctima de él como José.

María trabajaba duro manteniendo a su casa limpia, buscando ofertas de comida para los santos de su padrastro, criando a los niños, y cargando sus cubos de agua. La gente se mantenía alejada de ella, como si no la vieran, haciendo que se sintiera como un fantasma. La

111

única persona que la saludaba regularmente era una niña de doce años de edad, que vivía en una casa colonial al lado del edificio de apartamentos donde ella habitaba. La chica se paraba en el portal de su casa cuando ella pasaba, y le sonría o la saludaba. Un día la niña, cuyo nombre era Tania, se ofreció a ayudarla. Inicialmente, María rechazó su ayuda, pero cuando Tania insistió, le permitió llevar a uno de los cubos.

—¿Cuál es tu nombre?—preguntó le Tania, mientras la miraba con sus ojos de color castaño claro.

—María —dijo con tristeza.

—Como la Virgen.

Tania era menuda, de piel clara y pelo largo y castaño. A pesar de su delgadez, tenía brazos fuertes y María notó que la niña cargaba la cubeta como si su peso no le afectara. Caminaron por un pasillo largo, estrecho y oscuro que separaba la casa de Tania con el edificio de apartamentos cuando de repente Tania preguntó:

—¿Es Cayel tu padre?

Esa pregunta pareció tomar a María por sorpresa.

—¿Por qué lo preguntas?

—He estado escribiendo historias desde que tenía seis años. Me gusta observar a la gente, ver cómo caminan o hablan, la felicidad o la tristeza en sus ojos. Te ves muy triste todo el tiempo. Si tuviera mi padre conmigo, yo sería feliz.

—¿Dónde está tu padre? —preguntó María.

—En los Estados Unidos. El gobierno no permite que mi familia salga de aquí para estar con él. Él salió de Cuba cuando yo tenía tres años.

—Mi padre está muerto—dijo María—. Murió cuando yo tenía cinco años.

—Siento mucho la muerte de tu padre. Pensé que teníamos algo en común, y por lo que veo, así es.

Tania sonrió y permaneció en silencio por un momento. Luego, como si se le ocurriera algo, agregó:

—Mis amigos piensan que mi padre es un traidor por haberse ido a los Estados Unidos —La sonrisa de Tania se volvió tristeza.

—¿Tú crees que él es un traidor?

—No —dijo la niña sacudiendo la cabeza.

—No te preocupes entonces por lo que se dicen.

Tania puso el cubo en el piso y abrazó a María. Ella correspondió acariciando su cabello castaño con una mano, mientras que sostenía un cubo con la otra.

Después de pasar frente a varios apartamentos, María se detuvo al frente de la penúltima puerta. Colocaron los cubos en el suelo, y María metió una llave en la cerradura. Tania observó con nerviosismo como la puerta sucia se abría. Frente a ellas esperaban los santos, San Lázaro, Santa Bárbara, y la Virgen de la Caridad, con velas encendidas y ofertas de alimentos frente a sus estatuas de cerámica: dos plátanos de aspecto rígido y lo que parecía ser un plato de frijoles negros y arroz rancios. La estatua de la Virgen de la Caridad, la versión cubana de la Virgen María, era hermosa, con el niño Jesús en su regazo, y debajo de ella, como parte de la estatua, tres hombres en un barco le oraban a la virgen.

Un olor agrio emanaba del apartamento. María notó la manera en que la niña miraba a las ofrendas y al apartamento oscuro y le pareció asustada. Pensó que se sentiría así por un incidente ocurrido unos años antes. Un pariente de Tania le había enviado una muñeca negra de los Estados Unidos. Tomasa, la madre de María, había visto a Tania jugando con ella en el portal de losas rojas, y sus ojos se habían engrandecidos cuando se le ocurrió que podría usarla para uno de sus rituales. Tomasa corrió a su apartamento y volvió agitando un billete de veinte pesos entre sus dedos. Le dijo a la niña que se la quería comprar.

Tania no quería venderla y apretó la muñeca contra su pecho. Tomasa miró a la niña con una mirada penetrante que le causó miedo. De pronto, la muñeca negra se le cayó de las manos, y cuando la niña la recogió, los ojos de la muñeca estaban en blanco. Tania la tiró al suelo y gritó:

—¿Qué hiciste? ¡La rompiste!

Tomasa se echó a reír, se colocó los veinte pesos en su seno y se alejó. María no supo lo que sucedió después.

Tania corrió hacia adentro de su casa llorando y le dijo a su madre que Tomasa había matado a su muñeca negra. Su madre se precipitó al portal y encontró a la muñeca en el suelo con los ojos en blanco. Por miedo que Tomasa le hubiese hecho un hechizo, la señora fue a buscar un cartucho de papel y cuidadosamente puso la muñeca dentro de él. Luego la tiró a la basura, y le dijo a Tania que permaneciera lejos de Tomasa.

Tania creía que si su madre se enteraba de la ayuda que le brindó a María, y que la había acompañado a su apartamento, estaría muy enojada por lo que decidió permanecer en silencio sobre el encuentro. María, sabiendo la parte de la historia que Tomasa le había contado, se había sorprendido con el gesto de Tania.

Un sábado, tres días después en que Tania ayudó a María, unos gritos desde el pasillo del edificio donde vivía María despertaron a la gente en el vecindario. Momentos después, alguien llamó a la puerta de la casa de Tania.

—¡Por favor déjenme entrar! Apúrense—dijo una voz femenina.

Laura, la madre de Tania, miró a través de la mirilla y reconoció a María. La dejó entrar, y rápidamente cerró la puerta detrás de ella, pero aun así, se podían escuchar los gritos de afuera.

—¿Qué te pasa, cariño? —Laura le preguntó.

María estaba respirando rápido y colocó su mano izquierda sobre su pecho. Laura, dándose cuenta de su nerviosismo, le pidió que se sentara.

—Cariño — dijo Laura—primero te voy a traer un poco de agua. Necesito que te calmes, y luego dime lo que pasó.

María se quedó sola con Tania, mientras que la madre de la niña desaparecía en la parte posterior de la casa, para volver con un vaso de agua fría. María tomó un sorbo y dejó el vaso sobre la mesa de centro de madera oscura. Laura se sentó al lado de María y le pasó la mano por la espalda, mientras que Tania, como asustada, se llevó el costado de su dedo índice a la boca.

—Tania, sácate los dedos de la boca—dijo Laura— . Y tú María, respira profundamente y dime lo que pasó.

Los ojos de María se llenaron de lágrimas mientras hablaba.

—Yo regresaba con mis cubos de agua a mi apartamento, cuando vi José agitando un machete frente a mi puerta y gritándole a mi padrastro que saliera. Tengo mucho miedo por los niños.

Laura hizo la señal de la cruz.

—Jesús, María y José— dijo—. ¿Y sabes por qué?

—Creo que quiere tomar represalias por lo que mi padrastro le hizo el otro día. No lo culpo, pero no quiero que lastime a los niños.

Afuera, en la calle, los gritos indescifrables continuaban. De repente, se escuchó un grupo de personas que gritaban al unísono: —*Mátalo. ¡Mátalo!*

Laura, Tania, y María se apresuraron a la habitación adyacente a la sala y Laura abrió la ventana. Los vecinos se habían derramado en las calles, y todos miraban como José perseguía a Cayel, machete en mano.

—Mátalo, José, mátalo—repetían algunos de los vecinos.

La camisa blanca de Cayel estaba rota, su brazo le sangraba, y los vecinos gritaban por su muerte como si se hubiesen vuelto locos. El odio y el miedo que sentían por Cayel habían llegado a su punto de ebullición.

—Mátalo, mátalo—coreaban la gente.

—¡Mátalo! —gritó María desde la ventana.

Laura le miró a los ojos en estado de shock, como si notara la mezcla de ira y tristeza que acompañaban sus lágrimas.

—Lo siento —dijo María.

Laura la abrazó.

—No, mi amor, no tienes por qué pedirme disculpas.

María descansó su cabeza sobre el hombro de Laura y lloró desconsoladamente, mientras que esta le daba palmaditas en la espalda con la compasión de una madre. Momentos después, los gritos de la calle hicieron que rompieran su abrazo y enfocaran sus ojos en la calle. Allí, Cayel estaba luchando por su vida. Y desde su ventana vieron el machete de José levantarse en el aire, iluminado por el sol brillante de la mañana, para luego, de forma salvaje, cortarle los brazos y el pecho a Cayel. Éste se tambaleó al suelo, mientras trataba de contener la sangre con sus manos, pero la sangre brotaba continuamente, rodando por su cuerpo hasta llegar al concreto. Momentos después, Cayel, como si hubiera visto un fantasma, dejó escapar un grito y se quedó muy quieto.

—Ni siquiera sus santos lo podrán ayudar ahora —dijo María en un tono sombrío, cerrando la ventana y caminando hacia la sala.

Los vecinos volvieron a sus casas en silencio, y Cayel se desangró en las calles de La Habana sin que una sola alma viniera a su rescate. Después que el espíritu de Cayel lo había abandonado, Tomasa y su hermano se acercaron a él en silencio, levantaron su cuerpo sin vida, y se lo llevaron a casa.

Más tarde, cuando Tomasa restregaba la sangre seca del concreto, los vecinos vieron de nuevo a María cargando sus cubos de agua. Esta vez ella caminaba a un ritmo más vivo. La juventud había regresado a su expresión, y su cabello estaba suelto y bien peinado.

Roto

—¿Quién soy? —se preguntó Alexis parado al frente de un espejo roto en la pequeña habitación que compartía con su hermana.

Sus ojos verdes, su cuerpo musculoso, su color café con leche, una sonrisa que iluminaba la noche más oscura, y la forma en que las mujeres se le arrojaban a sus pies, habrían llevado a cualquiera a creer que él estaba en la cima del mundo. Medía más de seis pies de estatura, más alto que la mayoría de sus amigos en la calle Zapote, y poseía una cinta negra en karate. A simple vista lo tenía todo a su favor. Sin embargo, ¿por qué se sentía tan incómodo, tan miserable en su propia piel?

Él sabía perfectamente por qué. ¡Por Dios que sí! Pero conocía el juego y hacía lo que los demás esperaban de él, sólo para lamentarlo más tarde durante las largas noches de insomnio.

Dalia le dijo que estaba embarazada de él. Al principio, él dudó de ella. Poco después, habló con personas que la conocían. Supo que provenía de una buena familia, y que su padre trabajaba como programador para la compañía eléctrica, mientras la madre se quedaba en casa con sus hijos. Dalia no tenía la reputación de ser el tipo de chica que se acostaba con cualquiera.

Alexis se consideraba a sí mismo un juez calificado y vio la bondad en los ojos de Dalia. Su sonrisa genuina y la forma en que ella hablaba de sus padres revelaban su belleza interior. Además, no habían muchas cosas que los vecinos no supieran el uno del otro, así que cuando ella le juró que estaba embarazada de él, se sintió inclinado a creerla. La muchacha de dieciocho años, le había pedido que se casara con ella. Pero ¿por qué perpetrar la mentira por más tiempo?

Pensó que Dalia se merecía algo mejor, no el ser disfrazado que él representaba. Ya no podía seguir ocultándolo, pero decirles a todos la verdad le costaría tanto. ¿Estaba dispuesto a perderlo todo? ¿O continuaría la mentira mientras moría poco a poco cada día?

Un golpe en la puerta lo distrajo de sus pensamientos. Esa mañana, sus padres y su hermana pequeña habían tomado un autobús para visitar a un pariente enfermo en La Habana Vieja, dejándolo solo en la casa. Disfrutaba del silencio y la quietud cuando todos estaban fuera. Se sentía seguro. No existía el peligro de que otros trataran de descifrarlo, ni el riesgo a la desaprobación que transmitiera su cara desagradable. Ahora que el silencio había sido perforado de nuevo, volvió a resurgir la inseguridad. Antes de salir de la habitación, se tiró una camiseta encima, pues había demasiado calor para una camisa.

Oyó que alguien llamaba de nuevo a la puerta.

—¡Ya voy! —dijo mortificado.

Cuando abrió, se sorprendió al verla. Ella tenía los ojos enrojecidos, sus húmedas pestañas agrupadas, y su pelo castaño, que le llegaba hasta los hombros, desordenado.

—¿Puedo entrar? —preguntó Dalia con una voz suave.

—Claro —dijo.

Abrió la puerta y cuando ella entró, la cerró para evitar que los chismosos los escucharan. Los rumores, que eran de las pocas distracciones que sus vecinos tenían para creerse más humanos y sentirse más satisfechos con sus propias vidas, eran sus peores enemigos.

Ella se sentó en el sofá de tela azul descolorida y estiró su falda rosada hacia sus rodillas, en contraste con la forma en que actuó cuando se conocieron. Aquella noche, afectada por el alcohol, la música, los ojos cautivadores y el olor a almizcle de Alexis, y en contradicción con los valores que su madre le había enseñado, públicamente coqueteó con él, lo besó apasionadamente en el salón de baile, a media luz, y lo llevó a la habitación de su amiga, donde él hizo lo que ella esperaba.

—¿Has estado llorando? —preguntó Alexis.

Se sentó en una silla de madera oscura frente a ella, sin saber qué pensar ni qué decir.

—Sí —dijo Dalia, y miró con ojos ausentes a una foto en blanco y negro de la boda de los padres de Alexis, colgada en una de las paredes verdes de la sala.

—¿Qué pasó?

Dalia al principio esquivó su mirada. Poco después, cuando sus ojos se encontraron, con nerviosismo echó su pelo detrás de las orejas.

—Mis padres están furiosos y quieren que tenga un aborto.

Pensar en la interrupción de este embarazo lo horrorizó, al relacionarlo con las veces que él deseó que su madre lo hubiera abortado.

—¿Es eso lo que quieres? —le preguntó.

Los ojos de ella se llenaron de lágrimas.

—No, yo nunca podría hacer eso —dijo, poniendo su mano sobre su vientre. —Pero no quiero que mi hijo nazca de una madre soltera.

Alexis permaneció en silencio y apartó los ojos, mientras ella lo miraba como si tratara de leer su mente.

—¿No te parece que tú y yo. . .? — preguntó ella.

Él respiró profundamente y dijo con una expresión seria:

—Dalia, tuvimos esta conversación antes.

—Pero yo pienso. . . Estoy enamorada de ti.

Él levantó la cabeza para mirarla.

—¿Enamorada?—, respondió Alexis mientras fruncía sus cejas—. Nos conocimos hace solo ocho semanas.

Dalia y Alexis vivían a un par de cuadras desde que nacieron, y posiblemente se habían visto en las calles cuando eran niños, pero nunca hablaron hasta esa noche.

—No sería la primera vez que alguien se enamora a primera vista —dijo ella.

Alexis se centró en las decoraciones en el suelo de baldosas, mientras sentía un dolor de tensión en el cuello;

su expresión se contrajo, y con su mano izquierda se dio masaje en la parte posterior. Después la miró y le dijo:

—Hay cosas que no te puedo contar, pero entiende esto. No soy el hombre para ti.

Mientras hablaba, los ojos de Dalia se llenaron de lágrimas. Después de un largo silencio, ya no podía contener sus emociones y comenzó a llorar. Alexis le acarició suavemente el brazo hasta que se calmó.

—Sé que tengo la culpa —dijo Dalia con la voz quebrada. Miró al suelo y enmarcó su cara con las manos, permaneciendo en silencio por un momento, con su expresión distorsionada por la tristeza. Luego, lentamente, levantó la cabeza y lo miró: —Sé que fui imprudente.

Sus últimas palabras sonaron más como una confesión que una admisión de responsabilidad.

—Yo nunca debí hacerlo. No sé lo que pasó. Te veías tan guapo esa noche. . . Eres guapo. Despertaste algo en mí, y. . . me enamoré de ti.

Alexis permaneció en silencio. ¿Cómo podía decirle la verdad? Sin embargo, al no responder, se sentía cada vez peor, como un facilitador de su miseria.

—No sé por qué crees que no eres el hombre para mí. Creo que podría hacerte feliz. ¿No te gusto? ¿No soy atractiva?

—Eres muy atractiva, pero ese no es el problema. Hay otros temas que no estoy dispuesto a discutir contigo.

La expresión de Dalia cambió de repente de tristeza a determinación.

—Alexis, es difícil para mí pedirte ayuda, pero te necesito, independientemente que estés o no enamorado de mí. Eso no me preocupa. Si sientes algo por este niño que llevo dentro de mí, tienes que ayudarme.

Ahora ella tenía toda su atención. Por supuesto que le importaba. ¿Qué clase de monstruo sería él si no se preocupara por su propio hijo? Él no era como algunos de sus amigos que embarazaban a las muchachas y luego insistían en que tuvieran un aborto. Estaba preparado para hacerle frente a las responsabilidades de ser padre. Pero eso no era lo único que ella quería de él.

—Por favor, cásate conmigo. Te lo ruego. Mis padres me han amenazado con echarme de la casa si no tengo un aborto. La única otra forma en que van a aceptar mi embarazo es si estoy casada.

Alexis se frotó la cara y se quedó en silencio. En el fondo la entendía. También ella estaba tratando de vivir de acuerdo con normas que otros habían establecido.

—Si hay otra muchacha en tu vida, estoy dispuesta a aceptarlo. Por favor, no me abandones.

Sus palabras le tocaron el corazón.

—No hay otra muchacha. Escucha. . . Yo te ayudaré con el dinero y te daré el apoyo que necesites. No voy a abandonar a mi hijo. Simplemente no creo que casarme contigo sea justo.

Ella apoyó los codos en las rodillas, entrelazó los dedos, y colocó su barbilla en ellos por un momento. Luego levantó la cabeza y lo miró.

—Déjame juzgar por mí misma lo que sea o no justo para mí. —dijo ella con una voz calmada—. Si no te hago feliz, te puedes alejar de mí, pero al menos no voy a ser una madre soltera cuando nazca nuestro bebé.

Alexis se quedó mirando al suelo. ¿Qué había hecho? Sin saberlo, arruinó dos vidas. ¿Habría algo que él pudiera hacer como era debido? Sentía lástima por Dalia.

Respiró hondo y examinó sus opciones.

—No puedo prometerte la vida normal de marido y mujer. ¿Lo entiendes?

—Aceptaré cualquier condición que me des. Nunca te presionaré.

Él inhaló profundamente y luego exhaló con el rostro desencajado, con una mezcla de frustración y aceptación.

—No sabes en lo que te estás metiendo, pero si esto es lo que deseas. . .

Los ojos de Dalia se iluminaron. Ella tomó sus manos entre las suyas.

—¿De verdad? ¿Te casarás conmigo?

—Sí, lo haré —dijo Alexis, lamentándolo desde el momento en que pronunció esas palabras. Pero sabía que ni Dalia ni su hijo tenían muchas opciones.

—¿Puedo abrazarte? Como a un amigo. Lo prometo.

Se abrazaron, ella a él con una sinceridad cálida.

—Gracias —dijo Dalia—. Ahora, tenemos que decírselo a mis padres.

Él accedió a hablar con sus padres al día siguiente. Necesitaba tiempo para ordenar sus pensamientos.

No fue difícil para él predecir lo que sucedería a continuación; la felicidad de sus padres; la alegría de los padres de Dalia cuando se enteraran que su niña se iba a casar con alguien que trabajaba como guardaespaldas de una figura clave en la revolución cubana; las felicitaciones de sus amigos y las miradas de sorpresa de los que de verdad lo conocían; la alegría de su hermana pequeña cuando supiera que iba a ser tía.

Cuando los planes de boda comenzaron, su madre insistió en tener una ceremonia por la iglesia, pero eso era lo último que necesitaba Alexis. Él era miembro del Partido Comunista, cuando éste condenaba abiertamente la práctica de la religión. Su madre finalmente se conformó con una pequeña boda civil, seguida por una recepción en su casa: algunas cervezas, ponche de frutas con ron, un cake, y pasteles de la panadería La Gran Vía. Fernando, el padre de Alexis, calvo, de cara redonda, barrigón, se acercó a su hijo durante la recepción con una gran sonrisa en su rostro, y le dio una palmada en la espalda.

—Estoy orgulloso de ti, hijo—le dijo—. Ella es muy linda. La escondiste bien de nosotros.

Acercándose un poco más al oído de Alexis, su padre agregó: —De verdad que me estabas empezando a preocupar.

Alexis apretó los labios en una línea y asintió.

—Te veo un poco nervioso —dijo su padre—. Es normal. ¿Quieres una cerveza?

—No, papá. Estoy bien. Gracias.

Mientras tanto, la madre de Alexis, Lily, estaba radiante de felicidad. Llevaba un vestido bordado de color crema que su madre había guardado desde que era joven. Ese mismo día, una vecina le coloreó el cabello de castaño claro y se lo subió en un moño elegante. Para el toque final, lo roció con laca que un miembro de la familia de Lily había traído de los Estados Unidos. Lily, cuando compartía con los invitados y familiares, se sentía tan segura en sí misma, como la reina de Inglaterra.

Y de esta forma, Alexis se convirtió en un hombre casado con un bebé en el camino.

La nueva pareja se trasladó a la casa de Dalia, en la calle Zapote. La vivienda en Cuba estaba muy escasa y era común para múltiples familias vivir bajo el mismo techo. Su casa, de tres habitaciones, tenía más espacio que la de Alexis porque el padre de ella había construido una barbacoa de madera en su interior, encima del comedor, para darle más espacio a la creciente familia. Su hermano, quien compartía una habitación con Dalia antes que ella se casara con Alexis, se había trasladado a la barbacoa. Sus abuelos ocupaban uno de los dormitorios y los padres de ella, el tercero.

Durante la primera noche que la pareja estuvo sola, Dalia llevaba un *negligé* atractivo, de encajes y color beige, que una tía le había traído de los Estados Unidos, y se dejó el pelo suelto. Hizo todo lo posible para complacer a su marido y lograr que olvidara cualquier otra cosa preocupación. Alexis reaccionó como pensó que debía actuar. Sin embargo, para cumplir con sus deberes como esposo, cerró los ojos y se imaginó a sí mismo en los brazos de otra persona.

Posteriormente, cuando ella se acostó en la cama satisfecha, contenta de ser la esposa de Alexis, ella le tomó su mano, giró su cuerpo hacia él, y le dijo al oído:

—Te amo. Gracias por hacerme la mujer más feliz del mundo.

Esta no era la vida que le había prometido a Dalia. Él no quería que ella tuviese falsas expectativas sobre su futuro. Por mucho que él no quisiese lastimarla, no podía poner del todo su antigua vida en suspenso.

Una semana después que se trasladó a casa de Dalia, comenzó a salir los fines de semana. Asistía a fiestas clandestinas de diez pesos la entrada, organizadas en los patios interiores de hermosas casas en La Habana. Para evitar a las autoridades, cada vez utilizaban una casa diferente, pues a finales del 1970, perseguían su estilo de vida.

A menudo, Alexis cuestionó sus propios impulsos. Se preguntó si él había nacido roto. Sólo dentro de las paredes de aquellas casas se sentía bien, entero. Dentro de aquellas paredes se enamoró.

Alexis notaba la tristeza en los ojos de Dalia al verlo regresar tarde en la noche, a veces después de varios tragos, pero ella permaneció callada, fiel a su palabra. Más tarde, cuando creía que él dormía, lloraba en silencio. Alexis le tenía lástima, por lo que daba la vuelta, la abrazaba, y ella se quedaba dormida en sus brazos, mientras él pensaba que si pudiera ser lo que otros consideraban normal, la vida sería mucho más sencilla, y no viviría en dos mundos fragmentados, más roto cada vez.

La otra persona en la vida de Alexis quería que terminara su doble vida, pero él le había prometido a Dalia que estaría con ella hasta el nacimiento de su hijo. Quería seguir siendo fiel a su palabra.

Una tarde, después de terminar de trabajar y regresar a casa, su esposa lo recibió con una comida especial. Había sido un día caluroso. Los dos autobuses que tomó para volver a casa estaban tan llenos que estuvo colgado de las puertas traseras durante la mayor parte del viaje. Olía a sudor y se sentía sucio. Después de tomar una ducha rápida, se sentó a la mesa con la familia de Dalia, y sus ojos se iluminaron cuando vio la comida servida en platos de madera: frijoles negros, arroz, plátanos y carne de cerdo. No podía recordar la última vez que vio tanta comida.

—¿De dónde sacaste todo esto?—preguntó.

Dalia colocó su dedo índice verticalmente en sus labios y sonrió.

—Deja que yo me preocupe por eso. Preocúpate tú por comer.

—No me vas a meter en problemas, ¿verdad? —preguntó Alexis girando un poco la cabeza—. Lo último que necesito es que la policía venga a la casa y se lleve a mi mujer embarazada a la cárcel por la compra de alimentos en el mercado ilegal. Sé que todo esto no viene de nuestras raciones.

Dalia, sus padres, abuelos y hermano pequeño rieron.

La familia habló sobre una serie de temas durante la comida: las raciones más pequeñas, los apagones frecuentes, y del hombre del barrio que vendía mermelada con guayabas que compraba en el mercado ilegal, y a quien la madre de Dalia le había comprado un pomo para el postre.

Después de la cena, cuando Alexis ayudaba a recoger la mesa, Dalia anunció desde la cocina:

—Necesito que estés libre el sábado por la noche. Tus padres nos invitaron a cenar.

Alexis frunció el ceño.

—¡Pero ya tenía planes! —dijo.

Ella asomó la cabeza fuera de la cocina.

—Ellos tienen todo planeado, incluso invitaron a algunos miembros de la familia —dijo.

Alexis sacudió la cabeza. Hubiera llamado a sus padres para que cancelaran la cena, pero él los conocía bien. Ellos no aceptarían un "no" por respuesta. Además, los ojos de la familia de Dalia estaban todos en él.

Más tarde esa noche, la persona de la que Alexis se había enamorado se irritó al saber que él no podría ir a su cita. Pelearon, pero Alexis sabía que todo sería olvidado la semana siguiente cuando se vieran de nuevo. Se sentía manipulado por sus padres y por todos los demás a su alrededor.

Ese fin de semana, le dio las gracias a su madre por la cena, pero le pidió que no organizara ninguna reunión familiar sin hablar con él primero.

—¿Está todo bien? —preguntó su madre.

—Sí —respondió.

La sonrisa fingida en el rostro de su madre y la tristeza en sus ojos le hizo darse cuenta de que ella había leído más allá de su respuesta.

* * *

Durante los meses que Alexis vivió con Dalia, la generosidad de ella, su insistencia en agradarle, hicieron que Alexis le tomara afecto, por lo que muchas veces le llevaba sus dulces favoritos de La Gran Vía. Se habían convertido en buenos amigos, aunque su vida amorosa no alcanzaba las expectativas de ella.

Dalia defendía a su marido cada vez que sus padres decían algo negativo sobre él. Y tal parecía que siempre tenían algo que decir, ya sea sobre sus salidas los fines de semana, o su falta de gestos cariñosos hacia su esposa.

Ella inventaba mil excusas, diciéndoles a sus padres que Alexis había sido asignado a un proyecto secreto los fines de semana y que el estrés lo consumía. Les decía que él era un hombre tímido, que no acostumbraba a transmitir sus sentimientos por ella al mundo, pero sus padres no parecían convencidos.

Hay ciertos acontecimientos que pueden curar y hacer que la gente mire hacia otro lado. Cuando la fuente de agua de Dalia se rompió y comenzaron los dolores de parto, todo pareció olvidado. Los padres de Dalia lo llamaron al trabajo inmediatamente. En cuanto Alexis recibió el mensaje, se dirigió a uno de los funcionarios del gobierno para los que trabajaba, y el secretario de este hizo arreglos para que un carro ruso gubernamental lo llevara rápidamente al hospital.

Alexis se mantuvo al lado de Dalia por horas, de vez en cuando saliendo de su habitación para informar a los padres de ella, y luego a los de él, quienes llegaron poco después, sobre su progreso. Ella había sido ingresada en el hospital alrededor de las 11 a.m. El bebé nació a la medianoche. Poco después de que el médico cortó el cordón umbilical y el bebé comenzara a llorar, Alexis escuchó a la doctora anunciar: —¡Es varón! ¡Felicidades, mamá y papá!

Alexis nunca antes había sentido tanta alegría y orgullo. Era un sentimiento más allá de su comprensión. Pensar que esta pequeña criatura había surgido de la unión de Dalia y de él, le llenaba de tierna confusión. Acarició el brazo de su esposa y ella le sonrió, como si todas las lágrimas derramadas por las ausencias del Alexis hubieran sido borradas por este acontecimiento singular. Ella parecía agotada cuando la enfermera colocó el bebé en sus brazos, pero así todo, su expresión se iluminó de felicidad.

Los ojos de Alexis se llenaron de lágrimas cuando examinó el pequeño bebé, parcialmente envuelto en una colcha en brazos de su madre: sus ojos verdes, la cara rosada, las diminutas manos y dedos. Tenía un hijo. Era padre. El pensar que Dalia hizo esto posible lo llevó a apreciarla más que nunca. Era feliz que ella era la madre de su hijo.

—¿Cómo lo van a llamar?—preguntó una de las enfermeras.

—Alexis—dijo su esposa sin dudas, mirándolo con un inmenso orgullo.

Alexis no hubiera querido que el niño llevara su nombre, pero sintió que su esposa había sufrido suficiente para no darle esa alegría.

—¿Quieres cargarlo?—preguntó Dalia.

—Tengo miedo de tocarlo —dijo Alexis mientras abría sus ojos asustado.

La dulzura en la voz de Alexis la hizo llorar de felicidad. Las enfermeras alrededor de ellos no podían contenerse y se secaron las lágrimas.

—No tengas miedo mi amor. Aquí está su hijo.

Ella extendió sus brazos y le entregó el bebé a su marido, mientras una enfermera lo enseñó a cargarlo. Cuando sintió el calor de su pequeño cuerpo contra el suyo, se puso a temblar de alegría.

—Es precioso. Gracias.

Sus ojos se encontraron y se dijeron tanto, sin palabras.

Momentos después, Alexis se volvió a su hijo, tocó sus manos pequeñas, y acarició su rostro, cautivado por cada parte de su cuerpo perfecto. Hasta ese momento, a diferencia de su esposa, nunca había creído en la existencia de Dios. Después de ver lo que sólo podría explicar como un milagro, se preguntó si había estado equivocado todo ese tiempo.

* * *

Tres meses después del nacimiento de su hijo, Alexis no había encontrado el valor para hablar con su esposa. En su opinión, el bienestar de su hijo era lo primero. Él había comenzado a salir de nuevo, pero no con tanta frecuencia como antes. Pero a medida que pasaba el tiempo, Dalia llegó a la conclusión de que nada que ella pudiera hacer o darle a su marido conllevaría a ganar su corazón.

Un sábado, mientras que su hijo y el resto de su familia dormían, ella salió al portal, vestida en pijama, y se sentó en un sillón a esperar que él regresara de una de sus salidas. La luna estaba llena y no había una sola nube en el cielo. Todo parecía tan extrañamente tranquilo. De repente, escuchó pasos. Ella pensó que tenía que ser él, pero se quedó dónde estaba.

Él saltó involuntariamente cuando la vio. Eran casi las dos de la madrugada.

—No quería asustarte —dijo ella—. Necesitamos hablar.

Alexis no sabía qué hacer, pero por alguna razón, sintió un nudo en la garganta. Había retrasado esa conversación a causa de su hijo, para presenciar la alegría de verlo crecer un poco más, pero a la vez dándose cuenta de que algún día, las cosas cambiarían. Ahora, se preguntaba si estaba listo.

Ambos se quedaron en silencio por un momento. Ella detectó el olor a sudor y a licor que emanaba de él y sacudió la cabeza, sin darse cuenta de que el beber un poco de ponche de frutas con ron durante los pocos fines de semana que salía le permitía desprenderse durante un par de horas de su realidad.

—¿De qué deseas hablar?—preguntó Alex, por decir algo, y en el momento en que esas palabras salieron de su boca, comprendió que hubiera sido mejor no decir nada.

Ella se puso de pie y le indicó que caminara hacia el otro lado del portal, lejos de la ventana abierta. Hacía demasiado calor dentro de la casa para mantener las ventanas cerradas por la noche, y ni siquiera los ventiladores de mesa en cada habitación aliviaban el calor insoportable en las noches cálidas de verano.

La siguió, y cuando ambos estaban junto a la baranda, ella fue la primera en hablar.

—Ya no puedo seguir viviendo así, haciéndome creer que nada está sucediendo a mis alrededores —dijo Dalia en voz baja—. No es justo para ti, ni para mí.

Alexis se quedó en silencio. Había repasado en su mente este momento, pero no de esta manera.

—¿Quién es ella? Creo que me he ganado el derecho de saberlo —preguntó Dalia, no enojada, pero con tristeza.

Él respiró profundamente.

—Dalia, te debo una explicación —susurró.

Ella sacudió la cabeza.

—Por favor, no más —dijo—. No necesito una explicación porque en situaciones como estas, muchas veces no hay explicación. ¿Quién es ella?

Alexis tragó en seco y movió su cabeza más cerca de su oído.

—Nunca quise casarme contigo porque sabía lo mucho que te dolería aprender la verdad y no quería hacerte daño —dijo bajando la voz—. Pero tú insististe en que no querías ser una madre soltera cuando nuestro hijo naciera.

Ella respiró profundamente.

—Lo sé —dijo Dalia—. Lo entiendo, pero el tiempo de contármelo todo ha llegado.

Él apretó los labios preguntándose qué ocurriría a continuación. Ella tenía razón. Era la hora. Las palmas de sus manos se tornaron sudorosas mientras que hablaba.

—Has sido una esposa increíble. No merezco nada de lo que me has dado, pero la realidad es. . .

Se detuvo con la sensación de que el cielo estaba a punto de caer sobre él. Necesitaba decirlo ya de una vez.

—Soy un homosexual.

A ella tomó un momento registrar lo que Alexis acababa de decir, y se lo repitió a sí misma. ¡No, no podía ser! Frunciendo el ceño pensó que había entendido mal. Sacudió la cabeza y lo miró confundida.

—¿Qué eres ... qué? —preguntó.

Él le indicó que bajara la voz.

—Ya me has oído—susurró Alexis en su oído—. Estoy enamorado de otro hombre. Nada de lo que puedas hacer va a cambiar lo que siento. Lo siento mucho.

Ella se cubrió la cara con las manos y movió la cabeza de un lado al otro con incredulidad.

—Pero, ¿cómo pudiste? ¿Cómo pudiste?

Ella apretó los puños y lo golpeó en el pecho mientras lloraba. Él se lo permitió. Entendía su cólera.

—¡Dios mío!—, dijo ella con una expresión angustiada—. Debo haber parecido tan estúpida durante todo este tiempo. Hice el ridículo—gritó juntando sus dedos en la parte superior de su cabeza.

—Si pudiera desaparecer de la faz de la tierra en este momento, lo haría—dijo Alexis—. No sabes lo que es vivir con esto por dentro. Es como un cuchillo punzante en mi corazón todos los días.

Dalia levantó la cabeza y miró al techo alto y luego a él.

—Sal de aquí—dijo en tono severo, con los ojos llenos de lágrimas—. ¡Vete! No puedo hablar contigo en este momento. No quiero verte ni saber nada de ti. ¡Vete!

Roto

—Por favor, no me quites a mi hijo —dijo Alexis tomando su mano y colocándola entre las suyas.

—¡Vete! No hagas esto más difícil de lo que deber ser —dijo Dalia señalando hacia la puertecita de hierro del portal.

En ese momento, alguien dentro de la casa encendió las luces. Él bajó a la acera y se desapareció en la oscuridad de la calle Zapote.

Dalia dio la vuelta y comenzó a llorar desconsoladamente. En ese estado, entró a la casa, casi chocando con su padre, quien estaba a punto de abrir la puerta después de haberla escuchado gritar.

Su padre llevaba un par de pantalones cortos y una camisa blanca desabrochada. Su pelo gris estaba desordenado.

—¿Por qué lloras? —le preguntó—. ¿Qué pasó?

Ella lo abrazó y lloró.

—Pero, mi amor, ¿por qué estás así? ¿Discutieron?

—Lo acabo de botar, papá —dijo ella con la voz quebrada.

—¿Pero por qué?

—Me estaba engañando.

Él le dio unas palmaditas en la espalda a su hija.

—Vamos, vamos. Es mejor que nos sentemos —dijo llevándola de su brazo al sofá.

Para entonces, su madre se había unido a ellos en la sala, y ambos se sentaron al lado de ella, acariciándole la espalda y el pelo mientras que ella lloraba.

Su padre esperó hasta que se calmara un poco antes de decir nada más. Al fin dijo: —A veces los hombres hacen estas cosas. Las mujeres por ahí son tremendas.

Ella sacudió su cabeza.

—Tú no entiendes papá.

—Yo lo único que sé es que las peleas son normales en todos los matrimonios. Los dos necesitan hablar calmadamente por su hijo.

Ella comenzó a llorar de nuevo.

—No, papá —dijo sacudiendo la cabeza—. Esto no tiene arreglo, ahora, ni nunca.

—Es necesario que lo perdones —dijo su madre—. Yo te enseñé a ser una mujer cristiana. Perdónalo. Estoy segura de que no volverá a suceder.

—¡Ninguno de ustedes dos entiende nada! —gritó Dalia.

—¿Qué hay que entender? —preguntó el padre.

Dalia, con una expresión angustiada levantó los brazos y entrelazó sus dedos sobre su cabeza.

—¿Qué he hecho? ¿Por qué insistieron en que me casara? ¡Dios mío!

—Dalia, por favor, explícate —le preguntó su madre llevándose una mano al pecho.

Dalia se frotó la frente con los dedos y miró a sus padres como si toda su energía, hubiera dejado su cuerpo.

—Alexis. . . es homosexual —dijo y, girando su cabeza hacia su padre, añadió: —Eso, no hay quien lo arregle.

Su padre se levantó de inmediato, y le dio una mirada de incredulidad.

—¿Qué has dicho? —preguntó, agitando los brazos en el aire de una manera exagerada, y con fosas nasales dilatadas.

—¡Ay Dios mío!—, dijo su madre—. Creo que me va a dar un infarto.

—¡Ese hijo de puta!—, exclamó su padre—. ¡Oh no! Él se las va a tener que ver conmigo. ¡Nadie, absolutamente nadie le hace esto a mi hija!

—¡No fue él, papá!—gritó Dalia, mientras las lágrimas rodaban por sus mejillas húmedas y enrojecidas—. Yo le caí atrás. Me enamoré de él desde el momento en que lo vi. Nunca debería haber puesto mis ojos en él.

—¿Por qué no te dijo esto antes de casarse contigo?—su padre gritó cerrando los puños, con la cara enrojecida.

Dalia se quedó en silencio por un momento y se secó la cara. De repente, escuchó el llanto de su bebé, y al mismo tiempo, pasos en la habitación de sus abuelos.

—Tengo que darle la leche a mi bebé, papá —dijo con una voz triste—. Hemos despertado a todos en la casa con tantos gritos, y francamente, estoy muy cansada. Pero debes entender esto. Fue mi culpa. Tienes que creerme. Y por favor, no dejes que nadie fuera de esta casa se entere. Tengo suficientes problemas.

Su padre se quedó parado frente a ella estupefacto, y Dalia extendió sus brazos y lo abrazó.

—Gracias por estar aquí conmigo, papá. Te quiero.

Luego, dirigiéndose a su madre, quien ahora estaba de pie con la mano sobre el hombro de su marido, añadió. —Te quiero mamá.

Roto

* * *

Mientras Alexis caminaba hacia la casa de sus padres sintió como si su mundo se hubiera derrumbado. Sus piernas se sentían pesadas cuando subió los cuatro peldaños que lo llevaban al portal. Momentos después de colocar la llave en la cerradura y abrir la puerta escuchó a alguien tirando la cadena del inodoro.

—Mamá —susurró, pensando que era su madre, ya que ella sufría de insomnio. Cuando se abrió la puerta del baño, oyó una voz masculina.

—Alexis, ¿eres tú?

Alexis tragó en seco.

—Sí papá. Soy yo —susurró.

Hacia la parte posterior de la casa, delante de la puerta del baño, vio a su padre vestido con una camiseta blanca y un pantalón corto del mismo color. Padre e hijo caminaron desde direcciones opuestas y se reunieron en el comedor.

—¿Qué haces aquí? —le preguntó a su padre—. ¿Está bien el niño?

—Sí papá. El niño está bien.

—¿Y qué pasa, tú y Dalia discutieron?

—Sí— dijo Alexis, haciendo una pausa por un momento antes de añadir: —Se acabó todo entre nosotros.

—Espérate, ¿cómo es eso? —dijo su padre atónito.

En ese momento, Alexis notó que la puerta de la habitación se había abierta y su madre salía vestida con su bata de casa rosada con flores rojas.

—Fernando—, dijo Lily—, ¿con quién estás hablando?

Antes de que Fernando tuviera la oportunidad de responder, Lily añadió: —Alexis, ¿qué haces aquí? ¿Está bien el bebé?

—Sí, mamá.

—¿Entonces por qué estás aquí?

—Estaba a punto de decírmelo—dijo Fernando—. Vamos a sentarnos en la sala para que hablemos.

Fernando encendió las luces, y él y Lily se sentaron en el sofá azul, mientras que Alexis tomó asiento en una silla de madera oscura, frente a ellos.

—Me decías que todo se terminó entre ustedes. ¿Cómo puede ser eso? ¡Tienen un hijo! ¿Discutieron?

—No es eso, papá —dijo Alexis.

—¿Entonces como se acabó todo?—preguntó Lily.

—¿Ella te engañó? —preguntó Fernando.

Alexis sacudió la cabeza.

—¿Tú a ella?—preguntó su madre con los ojos muy abiertos.

Alexis permaneció en silencio por un momento, mirando hacia el suelo de baldosas.

—¡Dios mío!—exclamó su madre colocando su mano sobre la boca—. ¿Con un bebé recién nacido, cómo puedes engañar a tu esposa?

—Tú no entiendes, mamá.

—¿Quién es ella?—preguntó Lily.

Alexis respiró profundamente y sacudió la cabeza.

—Bueno, Lily—dijo su padre. —A veces, estas cosas suceden. Termina esa relación, hijo. Tú y ella tienen un hijo. Tienes que arreglar esto.

—Pero, ¿quién es ella? ¿La conocemos? —preguntó su madre.

Luego de un silencio largo, Alexis se levantó de la silla. El momento que había temido tanto había llegado. Durante años, se preparó para tener esa conversación, dándose cuenta de que nunca iba a estar listo. Su máscara tenía que ser retirada como a una curita, rápidamente. Le dolería. Dios sabe cuánto, pero no tenía otra opción.

—Mamá, papá. No es una mujer —dijo—. Soy un homosexual.

Su padre se levantó del sofá y se enfrentó a su hijo.

—¿Qué acabas de decir? —preguntó.

—¡Ay, Dios mío! —exclamó Lily.

Fernando empujó a Alexis por los hombros.

—¿Acabas de decir que te gustan los hombres? —preguntó su padre alzando la voz—. A mi hijo macho, ¿le gustan los hombres?

—Sí, papá —dijo Alexis mirándolo con una expresión seria.

Su padre cerró los puños.

—¿Cómo te atreves? —gritó Fernando pronunciando cada palabra y a la vez apretando la mandíbula. Alexis vio el odio en sus ojos. —¿Cómo te atreves a entrar en mi casa para decirme que el niño que yo crie se ha convertido en un homosexual?

Entonces mirando a su esposa, Fernando añadió:
—¿Sabías esto?

Lily sacudió la cabeza mientras lloraba desconsoladamente. Su padre dio un paso hacia él, sus fosas nasales dilatadas.

—¿Qué vas a hacer? ¡Por favor, basta! —gritó Lily.

—¡Voy a enseñarle lo que es ser un hombre! — respondió Fernando.

Debido a su entrenamiento en karate, Alexis esperó que su padre lanzara el primer golpe, y cuando lo hizo, le agarró la mano.

—¡Basta, por favor!—gritó su madre—. Ustedes son padre e hijo. No se pueden tratar así.

—¡Suéltame maricón!—gritó su padre, tratando de liberarse.

Alexis lo liberó y dio dos pasos atrás. Le dolía oír esa palabra degradante de su propio padre.

—No quiero hacerte daño, papá. Pero me tienes que escuchar.

—¿Escuchar qué? ¿Qué me vas a decir ahora?

Alexis se quedó mirando a su padre con ira.

—¡No tienes idea de lo que es mantener todo esto en el interior, vivir una mentira todos los días de mi puta vida! —, dijo Alexis golpeándose el pecho con su puño—. ¡No puedo más! ¿Me oyes? Ni por ti, ni por nadie continuaré así.

—¡Fuera de mi casa!—su padre gritó y trató de pegarle de nuevo, pero su esposa se puso en medio de los dos.

—No hagas esto, por favor —le rogó a su marido—. Es nuestro hijo.

—¡No!—gritó Fernando haciendo gestos negativos con la cabeza repetidamente—. Mi hijo murió esta noche. Alexis, sal de mi casa ahora antes de que te arrepientas de haber nacido.

Los ojos de Alexis se llenaron de lágrimas, pero las contuvo. Se negó a llorar delante de su padre.

—Ya estoy arrepentido, papá. Ya lo estoy, —dijo, saliendo de la casa.

—Por favor, no te vayas —rogó su madre corriendo hacia la puerta.

—Déjalo que se vaya —ordenó a su marido.

La madre de Alexis se dejó caer en el sofá y lloró desesperadamente.

* * *

Una semana después de Alexis haber sido expulsado de su casa, funcionarios del gobierno entraron en una de las residencias que él y su novio frecuentaban para atender fiestas clandestinas, y se los llevaron presos junto a muchos de sus amigos. Los pusieron en libertad poco después, pero el récord comportamiento social de Alex había sido dañado. A la semana siguiente, cuando discutió la situación con su jefe, éste le sugirió que sería mejor que renunciara a su trabajo.

En la noche en que su padre lo expulsó de la casa, su madre había convencido a su hermana para que le diera un lugar donde vivir. De mala gana, ella le permitió compartir su pequeño apartamento con ella, pero le dijo que no quería ver a su pareja allí.

—Este es un lugar serio—le dijo.

Aunque él sabía que no podía hacerla entender, le dio las gracias por su generosidad. Para ganarse la vida, con el dinero que su madre le dio, empezó a comprar ingredientes en el mercado ilegal para hacer mermelada de mango, que se vendía por dos pesos el pomo.

Cocinaba día y noche, y le daba a su tía algo de lo que ganaba para los gastos de la casa.

Hacia 1980, le era difícil encontrar los mangos que necesitaba para hacer la mermelada. Carlos, su novio, un joven de veinte años de edad, con una bonita sonrisa y un buen corazón, lo ayudaba lo más que podía, pero Carlos también luchaba por sobrevivir, a veces vendiendo sus pinturas a cualquier precio, casi siempre a extranjeros, de forma clandestina. Otras veces, ofrecía servicios sexuales a los turistas, aunque Alexis rechazaba esa práctica.

Alexis lo presionó para que no siguiera ese estilo de vida, pero a diferencia suya, a quien le era más fácil ocultar su identidad, los modales suaves de Carlos, la felicidad interior que brotaba de él como una cascada, hacían difícil que ocultara su orientación sexual.

Desde el momento en que Carlos se había dado cuenta que era homosexual, él dejó de preocuparse por lo que los demás pensaran, aunque al hacerlo, perdía la oportunidad de obtener un buen trabajo. Las empresas, controladas por el gobierno, eran administradas por personas integradas dentro del sistema socialista, y, en aquellos años, no aceptaban a los homosexuales. Carlos tenía pocas opciones.

El 1 de abril de 1980, se produjo un hecho que iba a cambiar la vida de muchos cubanos, incluyendo las de Alexis y Carlos. Cansados del deterioro de la economía, de la escasez de vivienda y de productos esenciales, un grupo de hombres desesperados manejó un autobús a través de las puertas de la embajada del Perú en La Habana para pedir asilo. Cuando uno de los guardias de la embajada murió, Fidel Castro exigió que la embajada les entregara los hombres al gobierno. Los funcionarios de la embajada se negaron. En respuesta, el 4 de abril de 1980, Castro retiró los guardias. La noticia se regó por toda La Habana rápidamente. Alexis sabía que esta era su oportunidad para pedir asilo, pero necesitaba ver a Dalia y a su hijo primero.

Se organizó una reunión secreta en casa de su tía. Alexis le envió una nota a Dalia con unas de sus amigas, explicando que era una cuestión de vida o muerte. Él le rogó que le trajera su hijo.

Cuando Alexis le explicó a su tía lo que estaba a punto de hacer, ella decidió que era mejor si se iba del apartamento por unas horas para que Alexis hablara a solas con su ex esposa.

Dalia llegó a la hora acordada con su hijo en un cochecito azul. Cuando Alexis abrió la puerta y vio a su hijo por primera vez en más de siete meses sus ojos se llenaron de lágrimas. El niño tenía los ojos verdes como él y el pelo castaño como su madre. Era hermoso.

Le pidió a Dalia que entrara y cerró la puerta detrás de ella. Entonces sus ojos se volvieron hacia su hijo.

—¿Puedo cargarlo? —preguntó.

Ella respiró hondo, lo miró con nerviosismo, y asintió. Cargó a su hijo en sus brazos y lo abrazó. El niño olía a colonia de Agua de Violetas y estaba vestido con un trajecito azul bordado que reconoció. Fue la recompensa de Carlos de uno de los turistas. Carlos sabía lo mucho que este regalo para su hijo significaría para Alexis. Aunque Alexis no se lo pudo entregar él mismo, su tía se lo llevó a Dalia. Alexis observó al niño por un momento.

—¡Mira que grande te has puesto!

Dalia sonrió.

—Este es tu padre, Alex —dijo ella sin saber si el niño la entendía.

Alexis le sonrió a su hijo.

—¿Alex? ¿Es así como lo llamas?

—Sí. Me gusta más así.

Él sonrió y asintió con la cabeza, dándose cuenta de la verdadera razón por la que Dalia ya no quería llamarle Alexis a su hijo.

—Así que, ¿cómo estás? —preguntó Dalia.

Alexis se encogió de hombros.

—No importa cómo soy. Lo importante es que me has permitido ver a mi hijo por última vez.

Dalia se empujó el pelo detrás de las orejas y frunció el ceño.

—¿Qué quieres decir?

—Siéntate —dijo Alexis—. Necesitamos hablar.

Dalia se sentó en el sofá y puso a su hijo en el coche.

—¿Adónde vas?

Alexis permaneció en silencio y observó a su hijo con un juguete plástico de colores.

—Gracias por dejarme decirle adiós.

—No entiendo. Por favor, explícate.

Alexis respiró hondo.

—Como debes saber, ya que estoy seguro que mi madre te lo dijo, me echaron de mi casa. No tengo trabajo. Ya no me queda nada aquí.

Miró a su hijo y sonrió con tristeza.

—Lo voy a extrañar —dijo.

—¿Qué estás pasando? ¿A dónde vas? —preguntó ella con una mirada de preocupación.

—Voy a entrar en la Embajada del Perú esta noche. Esta es mi única oportunidad. Pediré asilo político.

Los ojos de Dalia se llenaron de lágrimas.

—¿De veras que te vas?

—Sí. Es mejor así. Mientras siga aquí no podré ayudarte ni a ti ni a mi hijo. Necesito empezar una nueva vida. Las únicas dos personas que me mantienen aquí son mi madre y mi hijo. Mi madre entiende que tengo que hacer esto. Ya le dije adiós a ella y a mi hermana. Mi padre no quiere hablar conmigo.

—Lo siento.

—No te preocupes. Sabía lo que me esperaba.

—Yo te amaba. Debes saberlo.

—Lo sé y siento no haber podido corresponderte. Pero te prometo una cosa. Voy a cuidar de ti y de mi hijo, aunque tenga que trabajar día y noche cuando llegue a los Estados Unidos. De verdad que estoy cansado de sentirme como un hombre roto. En los Estados Unidos, la gente como yo no tiene que esconderse. Esta es mi oportunidad de ser una persona completa.

Dalia se puso de pie, mientras trataba de contener las lágrimas.

—¿Puedo abrazarte? —le preguntó ella.

Él asintió con la cabeza, y ella lo abrazó.

—Por favor, no dejes que mi hijo se olvide de mí —dijo Alexis con la voz quebrada por la emoción—. Dile que yo siempre lo amaré.

Después de esta despedida, él tomó a su hijo en sus brazos y besó sus gorditas mejillas.

* * *

Durante los primeros días del mes de abril de 1980, más de 10 mil hombres, mujeres y niños, desesperados por salir de Cuba, entre ellos Alexis y su novio, entraron en la Embajada del Perú. La botella plástica con agua y la leche condesada cocinada en la olla de presión les duró solo un día. El segundo día no comieron nada. Buscaron la sombra de los árboles y las paredes de la embajada y bebieron agua caliente de una pila para evitar la deshidratación.

Las tensiones se intensificaron en el interior: demasiados refugiados sin condiciones propicias para recibirlos. El gobierno les ofreció permisos a los solicitantes de asilo que les permitía ir a sus hogares y regresar a la embajada. La mayoría de las personas se negaron a utilizar estos pases, por miedo a que no se les permitiera regresar. Alexis le dijo a Carlos que prefería morirse de hambre antes que volver a un lugar donde no era bienvenido.

Pocos días después de la eliminación de la seguridad de la embajada, la policía, guardias de seguridad y camiones llenos de soldados uniformados se concentraron en sus alrededores, lo que aumentó el nerviosismo de los que estaban dentro. El periódico *Granma*, controlado por el gobierno, publicó un artículo sugiriendo que los que buscaban refugio eran delincuentes, elementos "antisociales" y parásitos. También añadió que el grupo incluía a muchos homosexuales. Alexis leyó este artículo después que una de esas personas que se aventuraron fuera de la embajada regresó con un periódico y lo compartió con él. No podía creer lo que leía.

Durante los días que siguieron, se desarrolló una crisis humanitaria, cuando la comida se había acabado, y el olor a heces y orina reinaba alrededor de la embajada. Varios países extranjeros se ofrecieron a aceptar un pequeño porcentaje de los refugiados. La Cruz Roja envió trabajadores para que cuidaran a los ancianos, a las mujeres embarazadas, y a los niños. El gobierno finalmente suministró alimentos y agua de manera desorganizada, haciendo que la gente luchara entre sí por las escasas cantidades.

El 20 de abril de 1980, un movimiento sin precedente por parte del gobierno cubano cambiaría la historia. Fidel Castro anunció que aquellos que quisieran salir de Cuba podrían ir al puerto de Mariel, para que sus familiares los recogieran en botes. Mil setecientas embarcaciones llenaron el puerto, abrumando a las autoridades cubanas y norteamericanas. Castro aprovechó el éxodo masivo para vaciar las cárceles de "indeseables" y persuadir a los homosexuales que abandonaran la isla. Las autoridades cubanas entonces empacaron a los refugiados en los barcos de los que esperaban para recoger a sus familiares, obligando a muchos a salir de Cuba sin sus familias y con sus embarcaciones llenas de extraños.

El 26 de abril de 1980, Alexis y Carlos abordaron un barco camaronero en la costa de La Habana, rumbo a los Estados Unidos. Estaban irreconocibles, con la piel quemada y los ojos hundidos por falta de sueño y mala nutrición.

Alexis no podía creer que la pesadilla de la embajada había terminado. Por un breve instante, miró a su pareja con miedo en sus ojos, incierto de la vida que lo esperaba más allá del océano. Carlos le sonrió, dándole a entender que todo saldría bien. Entonces asintió con la cabeza, comprendiendo que siempre podría contar con Carlos, quien aclaraba sus días más oscuros.

Sentado en el piso oxidado, viendo las luces de la costa aminorarse, Alexis le dijo adiós a la versión rota de sí mismo que dejaba atrás. Luego miró hacia donde el bote se dirigía, y en la distancia vio a su futuro, de pie, airoso, listo para aceptarlo con los brazos abiertos.

Fotografías

Foto de la casa de la autora: Zapote 269 (o Zapotes), debajo, la calle Zapote (lugar donde ocurrieron algunos cuentos)

Calle Zapote, cerca del parque Santos Suárez

La bodega en la esquina de Zapote y Serrano (gente en cola)

Fotografías

Parque Santos Suárez

Calle Flores, esquina con Zapote, a una cuadra del parque
Santos Suárez

Referencias

www.coha.org "From Persecution to Acceptance? The History of LGBT Rights in Cuba."

http://www.huffingtonpost.com/2010/12/30/hotel-nacional-cuba_n_802769.html

http://www.findingdulcinea.com/news/on-this-day/April/On-This-Day--Thousands-Authorized-to-Leave-Cuba-in-Mariel-Boatlift.html

www.bbc.co.uk/religion/religions/sateria/

Entrevistas con miembros de la familia, incluyendo William Portomeñe, propietario of Portomene la Suite, estudio de maquillaje y estilo en Coral Gables en Miami, y Maria Fernandez, mi tía, el personaje de Berta.

"El Primo Andrés" es basado en parte en escritos de mi madre. Ella continúa enardeciendo mi creatividad, desde el más allá. Te extraño, mamá.

Agradecimientos

Este libro no hubiera sido posible sin la inmensa ayuda brindada por muchos amigos y familiares, entre ellos:

Mi madre, quien me enseñó los valores del trabajo duro, la pasión y la dedicación. A pesar de que ya no esté físicamente con nosotros, ella me continúa inspirando a seguir escribiendo.

Mi esposo, por toda su paciencia y sus valiosas recomendaciones en mis dos primeros libros; por proporcionar asesoramiento sobre algunas de las escenas y encontrar un lugar cómodo para que pudiera escribir.

Mis editores, los de la versión en inglés: Dra. Shannon Tivnan, escritora Leita Kaldi, y la Sra. Diana Plattner.

Mis editores, estimados amigos, y mentores de la versión en español:

Sr. Gabriel Cartaya, profesor universitario, master en Estudios de América Latina, El Caribe, y Cuba de la Universidad de La Habana, periodista, y escritor del libro de cuentos De Ceca en Meca.

Sra. Margarita Polo Viamontes, periodista en el rotativo camagüeyano Adelante, licenciada en periodismo de la Universidad de La Habana. Autora de varios libros, incluyendo Una Mujer llamada Mentira, Fui tu querer y Cómo se Vive sin Ti. Recientemente

Agradecimientos

reconocida por los premios latinos «International Book Awards», con su libro testimonio Mi amigo Nicolás.

El artista de la cubierta, el Sr. Félix Acosta, un talentoso pintor cubano, por la bella interpretación del personaje de Candela (un personaje que a la vez representa la revolución cubana).

Mi familia por animarme a través de las largas horas de escritura y edición: mis hermanos, René y Lissette, mis suegros, Madeline y Guillermo, mi tía Maria, mi primo, William Portomeñe, y Alfredo, su papá. Un agradecimiento especial a Tracey Terwilliger Oneil por su generosidad y por portarse como una hermana.

Sarita Portomeñe por las bellas fotografías de Santos Suárez, La Habana.

Aquellos individuos que leyeron algunas de las historias de la versión en inglés antes de la publicación, incluyendo: Kayrene Smither, Ed Zebrowski, Stan Wnek, Juan Rivera, y Rafael Mieses.

Mi familia del hospital Tampa General por todo el apoyo.

La Fundación del hospital Tampa General y TGH Auxiliary, dos organizaciones maravillosas que apoyan Tampa General Hospital en el cumplimiento de una misión tan importante.

Los lectores que leyeron mi primera novela, los que tomaron el tiempo para escribir críticas, y aquellos que me preguntaban a menudo: —¿Cuándo se publicará el próximo libro?— Muchísimas gracias. Los quiero.

Sobre la autora

Betty Viamontes, escritora de la exitosa novela autobiográfica "Esperando en la calle Zapote", nació en La Habana, Cuba. En 1980, a los quince años, en medio de un éxodo masivo desde el Puerto del Mariel, en La Habana, emigró a los Estados Unidos con su madre, hermanos y abuela paterna. Betty Viamontes completó estudios de postgrado en la Universidad del Sur de la Florida y se trasladó a una exitosa carrera en Contabilidad. También, terminó varios cursos universitarios en escritura creativa. Ha publicado varios cuentos cortos, y este, es su segundo libro. Sus dos primeros libros han sido publicados en inglés y en español. Actualmente, está trabajando en su tercera obra. Betty Viamontes vive en Tampa, Florida, con su esposo y su familia.

Sobre la autora

Made in the USA
Columbia, SC
09 January 2020

86626260R00100